I0525754

# BĂRBATUL DIN
# LIFT

# ROXANA NĂSTASE

Scarlet Leaf
2019

© 2019 by ROXANA NASTASE
Toate drepturile sunt rezervate. Nicio parte a acestei cărți nu poate fi reprodusă, salvată într-un sistem de stocare sau transmisă sub nicio formă fără permisiunea scrisă a editorului, cu excepția situației în care un recenzor citează unele pasaje scurte într-o recenzie pentru a fi publicată într-un ziar, revistă sau jurnal.

Toate personajele din această carte sunt fictive, iar orice asemănare cu persoane reale, în viață sau decedate, este o simplă coincidență.

Scarlet Leaf a permis ca acest roman să rămână exact așa cum a intenționat autorul.

PUBLICAT DE SCARLET LEAF
TORONTO, CANADA
Pentru informații adresați-vă editurii Scarlet Leaf la adresa de email: scarletleafpublishinghouse@gmail.com
COPERTA: MARIA TĂTARU

*LUI MIRCEA, UN BĂRBAT*
*AMUZANT ȘI VESEL*

# CAPITOLUL ZERO

CU MÂINILE ÎNFIPTE în buzunare, Dan intră în lift fluierând în surdină. Omul se simţea bine. Reuşise să o agaţe pe noua fată care tocmai începuse să lucreze pe etajul patru cu o săptămână în urmă şi deja îşi aranjase o întâlnire cu ea.

*Are nişte sâni grozavi,* se gândi bărbatul, iar sprânceana sa stângă se ridică în semn de admiraţie. *Şi buzele acelea pline,* îşi scutură el capul, de parcă nu i-ar fi venit să creadă, şi înghiţi în sec cu greutate.

Tânăra era întruchiparea perfectă a tot ceea ce îi plăcea lui cel mai mult la o femeie, aşa că abia aştepta să şi-o vâre în aşternut.

De fapt, Dan nu făcea asta doar pentru a-şi adăuga o nouă crestătură deasupra patului. Lui îi plăceau femeile cu adevărat, indiferent de ce culoarea părului sau ochilor lor. Bărbatul avea standarde ridicate doar în ceea ce privea mărimea bustului şi buzelor lor.

Uşile liftului glisară fără niciun fel de zgomot şi se închiseră, iar după aceea, ascensorul îşi începu urcuşul lent spre etajul şapte.

*Poți să te bazezi pe doar câteva lucruri în această viață,* își scutură Dan capul cu necaz și își trecu degetele cu anxietate prin părul întunecat. *Taxe, moarte și lifturi încete. La naiba, iar voi întârzia și îmi vor cere ăstia capul în curând dacă tot mă întorc cu întârziere din pauză,* reflectă el cu o încruntare pe chip, iar apoi își înfipse mâinile în buzunare din nou.

Ultima întrevedere pe care o avusese cu supervizorul său nu mersese tocmai bine. Acesta îi ceruse să semneze o notificare formală. Acum, dacă ar fi întârziat din nou, Dan ar fi pierdut o oră din salariu, iar atunci când avea obligația să scoată la cină și să facă cinste mai multor femei frumoase, fiecare leuț din buzunar conta pentru el.

Liftul încetini când ajunse la al treilea etaj, iar ușile se deschiseră cu un sunet discret. Dan se strâmbă pentru o secundă, dar după aceea afișă un zâmbet de circumstanță pe buze.

*Niciodată nu știi peste cine poți să dai,* reflectă el cu înțelepciune. Nu se făcea să supere pe careva prostește numai pentru că îl plictisise liftul. Câteva secunde mai târziu, zâmbetul îi înghețe pe buze, iar mâinile i se strânseră în pumni.

# CAPITOLUL UNU

—HAIDE, LIZA, PESEMNE că glumeşti, fată, replică Ana-Maria zgomotos, iar mai apoi izbucni în râs, aruncându-i o privire piezişă prietenei sale. Chiar nu pot să cred că Dan a făcut într-adevăr aşa ceva. Ce naiba? Şi-a pierdut minţile cu totul?

Ana-Maria echilibră paharul de hârtie umplut cu cafea şi sandvişul într-o mână iar după aceea, cu un deget de la cealaltă mână, apăsă butonul pentru a chema liftul. O şuviţă de păr castaniu deschis îi gâdilă faţa şi şi-o împinse nervoasă pe după ureche.

Ochii ei migdalaţi sclipeau de curiozitate şi o măsurară pe Liza din nou. Colega ei era destul de bine cunoscută pentru talentul ei de a înfrumuseţa lucrurile, în fond.

—Pe bune, sunt serioasă, dădu Liza din cap. Vreau să spun că nu am fost de faţă sau ceva asemănător, dar a fost Dana şi se jură că spune adevărul, îi spuse roşcata cu sinceritate, iar apoi ochii ei se întoarseră din nou la luminile de pe panoul liftului.

Obosită să care toate lucrurile pe care le avea în mână, Liza se sprijini de zidul de lângă lift. *Ce naiba m-a împins să mă ofer să cumpăr mâncare pentru încă alți cinci oameni?* se mustră tânăra pe sine însăși.

—Nu-mi vine să cred, își scutură cu uluială Ana-Maria capul. Știam eu că omul e puțin dus cu sorcova, dar chestia asta chiar depășește orice închipuire. Pe bune? Chiar și-a scos hainele în mijlocul clubului?

—Îhî, poți să crezi că a făcut-o. Desigur, în acel moment de fapt dansa pe o masă, dădu Liza din cap și aruncă o privire la lifturile din jur pentru a vedea dacă se mișca vreunul.

*Dacă aș număra toate minutele pe care le-am petrecut în fața ușilor închise ale acestor lifturi, probabil că aș descoperi că mi-am risipit cel puțin zece procente din viață nefăcând altceva decât să urmăresc nenorocitele acestea de luminițe,* oftă ea în sinea sa.

—Dar nu pot crede că haidamacii de la bar nu au reacționat deloc la o chestie de acest gen, își scutură capul Ana-Maria râzând.

—Au reacționat, evident, îi replică Liza. Vezi tu, de data aceasta, Dan a întins coarda prea mult așa că i-au interzis accesul în club de acum înainte. Pentru totdeauna.

—Cred că acesta este al patrulea club care îi interzice intrarea deja, își înclină Ana-Maria capul întrebător.

—Nu pot spune că am ținut socoteala, ridică Liza din umeri. Nu este ca și cum mi-ar păsa prea mult de ce i se întâmplă lui Dan, doar știi, adăugă ea pe un ton aspru.

*Ba îți pasă, și încă destul de mult,* se gândi Ana-Maria cu răutate.

# BARBATUL DIN LIFT

Ştia că Liza fusese implicată într-o relaţie cu Dan, ba chiar pentru ceva vreme. Cei doi ieşiseră împreună preţ de câteva săptămâni, dar bărbatul nu părea să se mai gândească la Liza defel acum.

De fapt, lui Dan îi plăcea diversitatea în materie de femei. Ana-Maria lucra împreună cu el în acelaşi loc de mai bine de trei ani deja, iar până atunci, avusese ocazia să îl vadă cu câte o altă femeie la fiecare lună sau la două luni cel mult.

Liza făcuse o greşală când înfiripase o relaţie cu el, dar, evident, nutrise speranţa că ar putea să-l schimbe.

*O greşală frecventă printre femeie, din ceea ce am putut vedea până acum,* reflectă Ana-Maria, ridicând din umeri cu indiferenţă. De fapt şi ea făcuse acea greşeală în trecut şi spera să-şi fi învăţat lecţia ţi să nu o mai repete.

—În sfârşit, vine liftul, observă Liza şi oftă de uşurare când luminiţa liftului clipi.

Uşile se deschiseră şi tânăra femeie se îndreptă spre intrarea în lift. Ochii îi căzură pe trupul de pe podeaua ascensorului şi mai că îi săriră din orbite. Un urlet asurzitor îi ţâşni din gâtlej imediat, iar Ana-Maria, înspăimântată de comportamentul ieşit din comun al prietenei sale, se dădu un pas în spate.

Cu toate acestea, tot îşi înclină capul pentru a putea privi dincolo de Liza. O secundă mai târziu, Ana-Maria se sprijini de perete. Picioarele îi tremurau şi orice urmă de culoare îi părăsise chipul.

Tânăra femeie urmări cu privirea paharul de cafea ce îi căzuse din mână şi care se vărsase pe podeaua din hol. Sandvişul îl urma îndeaproape.

Ana-Maria nici măcar nu îşi dăduse seama că scăpase tot ce avea în mâini, dar, de fapt, nu îşi mai simţea degetele deloc.

Liza continuă să urle, gata să doboare clădirea, iar cei doi agenți de securitate care se ocupau cu paza clădirii și se aflau la biroul de la recepție din holul de intrare, alergară spre ele să vadă ce s-a întâmplat.

Cel mai în vârstă trecu în fugă pe lângă Ana-Maria, iar ochii lui o analizară într-o fracțiune de secundă. Celălalt individ, mai tânăr, îl urmă agitat, deși părea destul de pregătit să acționeze. Mai întâi ochii le poposiră pe Liza, care continua să urle ca o nebună.

*Are plămâni buni, individa aceasta, nu glumă,* reflectă agentul de securitate mai în vârstă și își scutură capul.

Când privi dincolo de ea, iar ochii îi căzură pe bărbatul de pe podea, în maxilar îi jucă un mușchi, iar ochii i se înăspriră. *Mda, numai bună nu este ziua asta de lucru,* se gândi el necăjit.

—Vino cu mine, spuse bărbatul cu blândețe, apucând-o pe Liza de mână și conducând-o afară din lift. Sună la poliție, aruncă el peste umăr către colegul său mai tânăr. Le voi conduce pe domnișoare în salonul de odihnă. Blochează liftul și nu lăsa pe nimeni să se apropie ca să arunce vreo privire, îl avertiză el pe om, cu un ton ce denota multă încredere în sine.

*De parcă aș avea eu mai multă experiență decât are amărâtul ăsta,* reflectă vârstnicul cu dispreț și își scutură din nou capul cu dezgust.

Era adevărat că lucrase ca agent de securitate mai mult de cincisprezece ani, dar, în fond, acum era prima dată când se lovea de o astfel de situație. Spera din toată inima să nu mai aibă parte de o a doua ocazie de acest gen.

*Mulțumesc lui Dumnezeu pentru toate serialele acelea cu crime,* reflectă el în timp ce le conducea pe cele două femei spre salonul de odihnă.

# CAPITOLUL DOI

ALEX POP PĂTRUNSE ÎN clădire cu pași mari. Omul își înfundase mâinile în buzunarele de la haină, iar o pălărie gri îi umbrea fruntea și ochii. Bărbatul se opri în mijlocul holului, iar sprâncenele i se arcuiră sus pe frunte de uimire.

Biroul de recepție părea să fie părăsit, în ciuda unei sonerii de telefon care străpungea tăcerea prelung. Omul privi în jur câteva clipe, iar apoi își aplecă capul spre dreapta pentru că i se păruse că a zărit ceva mișcare undeva deasupra treptelor ce duceau spre barierele rotative.

Pop nu se înșelase. În zona unde erau lifturile, se găseau trei indivizi ce păreau de la pază. Aceștia discutau între ei cu voci coborâte și gesticulau de zor.

Brusc, ușa de la un lift de pe partea dreaptă se deschise, iar un grup de cinci persoane ieși din cabină. Curiozitatea îi măcină și încercară să vadă dincolo de cei trei bărbați ce blocau drumul spre liftul din spate.

—Circulaţi, oameni buni, îi îndemnă agentul de securitate mai vârstnic, iar mai apoi, gesticulă pentru a-i îndemna să-şi continue drumul spre ieşire. Nu este nimic interesant de văzut aici, sublinie el, aruncându-le o privire urâtă.

Cu oarecare ezitare, oamenii se îndreptară alene spre turnichet, şoptind între ei. După aceea, trecură pe lângă Pop şi îl măsurară şi pe acesta nedumeriţi.

Un surâs se ivi pe buzele lui Pop. Omul ştiuse că prezenţa sa în clădire va ridica unele sprâncene. Marea parte a oamenilor care lucrau în astfel de companii se îmbrăcau în blugi şi adidaşi, în timp ce lui îi plăcea să se afişeze, în mod obişnuit, în pantaloni negri, haină şi un pardesiu sau trenci. Mai mult decât atât, pălăria sa de fetru moale îi îndemna pe oameni să comenteze mai mereu, însă lui Pop nu prea îi păsa de opinia acestora.

Pop era un bărbat nonconformist. Trecuse destul de multă vreme de când nu-şi mai aplecase urechea la ceea ce spuneau oamenii despre el. Prefera să se simtă confortabil în propria sa piele şi să arate lumii o anumită imagine. În fond, dacă ceilalţi nu apreciau felul lui de a se îmbrăca şi de a se comporta, nu era deloc treaba lui.

El se îmbrăca astfel sau în costumul lui de piele atunci când îşi călărea motocicleta. De data aceasta, fusese obligat să vină direct de la tribunal, iar judecătorii nu îi apreciau defel pe comisarii care arătau ca un şef de gang. În mod obişnuit, se încruntau atunci când le cădeau ochii pe asemenea specimene.

Pop se dădu la o parte pentru a permite grupului de oameni să iasă din clădire, iar apoi se îndreptă şi el spre turnichete.

-Înţeleg că aţi avea nevoie de poliţie, se adresă el agenţilor de securitate pe un ton sec.

Oamenii se întoarseră spre el imediat şi îl măsurară cu expresii diferite pe chip. Pop doar se mulţumi să îşi arcuiască sprânceana dreaptă şi îşi aplecă capul pe o parte interogativ, invitându-i să îi confirme sau să îi infirme spusele.

—Iar tu eşti? replică cel mai vârstnic dintre agenţii de securitate după ce îl măsură fără niciun fel de ocoliş pe bărbatul cu pălăria caraghioasă.

—Poliţia, replică Pop pe un ton la obiect. Sau mai bine spus, o parte din ea, se corectă el însuşi. Ceilalţi sunt şi ei pe drum încoace, mai adăugă omul, aruncând o privire fugară la ceasul de la mână.

De fapt, avusese un avans pentru că ceilalţi fuseseră reţinuţi. Experţii criminalişti fuseseră chemaţi la un alt caz mai devreme, iar medicul legist îl informase că se găsea chiar în mijlocul executării unei autopsii şi putea să ajungă la faţa locului numai după vreo treizeci sau patruzeci de minute.

—Înţeleg, murmură agentul de securitate, deşi nu părea prea convins de cuvintele lui Pop. Ai vreun act de identitate ceva? îl întrebă omul, nedorind să îi permită oricărui individ curios să arunce o privire la scena crimei.

Chiar se întrebă dacă tipul nu era cumva vreun reporter.

*În zilele noastre, nu ştii niciodată ce vor mai inventa doar ca să poată pune mâna pe un subiect,* reflectă bărbatul.

Pop se uită la el chiorâş, dar apoi îşi scoase legitimaţia din buzunarul de la haină şi i-o arătă bărbatului, care i-o cercetă cu mare grijă.

—Da, sunteţi de la poliţie, recunoscu mai apoi bătrânul, nu fără oarecare uluire. Geo, du-te şi dă-i drumul omului să treacă, îşi flutură el mâna spre unul dintre agenţii mai tineri. Duceţi-vă acolo, domnule, îi indică el lui Pop, arătând spre biroul de recepție unde Geo deja alergase în grabă și ridicase bariera pentru a-i permite polițistului să pătrundă în zona securizată a clădirii.

Pop nu își grăbi defel pașii pentru a ajunge la recepție. Nu vedea care ar fi fost rațiunea să se grăbească tocmai atunci pentru că oricum nu putea face nimic înainte să apară medicul legist și echipa de criminalistică. Avea suficient timp să-și arunce privirea la cadavru.

Trecu pe lângă paznicul mai tânăr și îi citi numele de pe ecusonul de la haină. *Încă un Popescu*, reflectă el. *Orașul acesta este suprapopulat de Popești, Ionești, Popi și Georgești*, trase el concluzia.

I-ar fi surâs și lui să nu se piardă în marea de anonimitate a popularului Pop, dar soarta dictase ca lucrurile să stea altfel.

Pop dădu din cap spre tânărul Popescu cu gravitate. *Este necesar să păstrezi o anumite demnitate în timpul exercitării profesiunii*, se gândi el, deși el, unul, nu dădea nici măcar o ceapă degerată pe astfel de lucruri.

Cu toate acestea, încă își mai amintea mustrarea comisarului-șef despre lipsa lui de profesionalism în anumite situații. *Aparent, zâmbetele nu sunt permise în timpul exercitării funcțiunii, omule, așa că regret, dar nu pot să mă arăt prea prietenos față de tine*, i se adresă Pop tânărul agent de securitate în gând.

Polițistul nu era un om prea vorbăreț cu cei din jur. Altfel, în gând, ducea conversații lungi cu sine însuși și cu oamenii din jur.

Pop se îndreptă alene spre ceilalți doi agenți de securitate care nu părăsiseră încă zona cu lifturile.

—Dacă ar fi să mă iau după felul cum v-ați poziționat aici, aș putea trage concluzia că victima se găsește într-unul dintre lifturi, spuse el.

—Da, domnule, chiar aici, îi indică agentul de securitate mai vârstnic liftul în chestiune cu un semn.

Pop aprobă cu o mișcare a capului, iar ochii îi fugiră la ecusonul omului. Polițistul din el nu îi permitea să interacționeze cu oameni necunoscuți.

*Din nou am avut dreptate*, mustăci el. *Și acesta este un alt Georgescu,* trase el concluzia după ce citi numele omului.

—Domnul Georgescu, presupun, îi întinse el mâna omului.

*Nu cred că înseamnă că sunt prea prietenos dacă îi strâng mâna,* se gândi el, evaluând chipul omului în același timp. *Sau cel puțin așa sper,* se corectă el singur.

După o scurtă ezitare, bătrânul îi strânse mâna polițistului. Ochii i se rotunjiseră din cauză că nu se așteptase ca omul să facă așa ceva. Inspectorul părea prea detașat pentru a demonstra o asemenea politețe.

—Da, domnule, eu sunt Georgescu, spuse omul, iar apoi privi cu tâlc spre ecusonul de pe pieptul său.

—Eu sunt inspectorul de poliție Alex Pop, se prezentă ofițerul. Acum, hai, să aruncăm o privire la cadavru. Aveți vreo idee ce s-a întâmplat? întrebă el.

—Nu prea, replică Georgescu. Știm numai că două tinere au vrut să intre în lift și au găsit cadavrul. Au urlat de mai să dărâme clădirea, iar noi ne-am repezit să vedem ce li s-a întâmplat și l-am găsit pe omul acesta așa, arătă bătrânul spre trupul care zăcea pe podea.

Toate gustările pe care le avusese Liza în mână se împrăştiaseră pe jos, iar balta lăsată de cafeaua Anei-Maria flirta cu marginea podelei de la cabina liftului.

Ochii lui Pop trecură peste mâncarea risipită, iar apoi peste cadavrul care zăcea pe podeaua pătată a liftului. Cursese sânge din plin, semn clar că probabil fusese lovită o arteră. Sângele deja se coagulase pe suprafaţa lemnoasă.

Victima părea destul de tânără, poate nici măcar de treizeci şi cinci de ani. Fusese un bărbat zdravăn, cu o claie de păr des şi întunecat. Ochii i se lărgiseră ca urmare a şocului trăit, iar Pop se gândi că fie bărbatul a fost luat prin surprindere, fie acesta îşi cunoştea călăul.

Inspectorul de poliţie privi prin jur, dar nu reuşi să localizeze arma crimei.

*Dacă nu a ajuns sub victimă, atunci a luat-o ucigaşul cu el,* conchise el.

Îl mâncau degetele să caute pe sub cadavru, dar, din păcate, nu putea s-o facă. De fapt, până ce nu apărea medicul legist, el unul nu putea face nimic şi era acolo pe post de marionetă, aruncând priviri în jur şi pretinzând că era foarte ocupat şi în procesul unor deducţii foarte importante.

—Ai spus ceva despre nişte femei, îşi întoarse el ochii spre Georgescu, arcuindu-şi sprânceana dreaptă interogativ.

—Oh, da, într-adevăr. Cele două tinere care l-au găsit aici, dădu din cap agentul de securitate cu sfătoşenie. Doreau să se întoarcă la etajul lor şi, când uşile de la lift s-au deschis, priveliştea le-a şocat. Toată mâncarea şi cafeaua de pe podea le aparţin, se gândi el să menţioneze.

—Pot înţelege de ce erau şocate, replică Pop. Cu toate acestea, unde se găsesc ele acum? întrebă el.

## BARBATUL DIN LIFT

—Oh, sunt în biroul din spate. Mă gândisem să le separ, dar una dintre ele era extrem de şocată şi am avut nevoie de cealaltă femeie ca să o calmeze pentru că devenise isterică. Am aşa sentimentul că, de fapt, o cunoştea destul de bine pe victimă. Nu erau numai colegi. Ambele femei păreau să îl cunoască. În fond, se pare că lucrează pe acelaşi etaj.

Pop aprobă cu o aplecare a capului şi deschise gura dorind să le ceară să îl conducă în biroul din spate, dar nu mai avu timp să o facă. Foarte aproape de uşa de la intrare se auziră sirene şi toată lumea îşi întoarse capetele într-acolo.

# CAPITOLUL TREI

SIRENELE NU REPREZENTAU ceva neobişnuit în acea zonă. Cu cel puțin patru spitale în vecinătate, toată ziua răsunau sirene, indiferent de timpul zilei sau al nopții. Oamenii fie învățau să trăiască cu ele, fie se mutau pur şi simplu.

Echipa de criminalistică îşi făcu drum în clădire prima, urmată de medicul legist şi de procuror, care discutau între ei pe voci coborâte, având grijă să nu le audă nimeni din jur cuvintele. Când procurorul dădu cu ochii de Alex Pop, un zâmbet i se ivi pe buze.

Pop devenise deja un caracter foarte bine cunoscut în cadrul forțelor de poliție ale capitalei şi nu numai ca urmare a carierei sale controversate. Omul avea o multitudine de idiosincrazii, iar atitudinile şi acțiunile lui extreme reuşeau să-i ridice părul pe cap comisarului său şef. Puține erau cazurile în care omul să nu facă ceva ieşit din comun.

Un lup singuratic, Alex Pop nu socializa cu nimeni în fapt. Fiind un tip rezervat, nu legase relații cu niciunul dintre colegii săi, iar aceștia nu știau cum își petrecea inspectorul timpul în afara orelor de program, deși oamenii avansau în mod regulat tot felul de ipoteze hazardate.

În ciuda vieții lui personale de sihastru, marea parte a oamenilor îl plăceau destul de mult, iar medicul legist și procurorul făceau parte din acel grup. Inspectorul dovedea un simț al dreptății ascuțit și o etică de muncă sănătoasă, ceea ce îi determina pe colegii săi fie să îl admire, fie să le displacă prezența lui cu strășnicie.

Indiferent față de aceste manifestări, omul nu părea să dea o ceapă degerată pe faptul că, datorită personalității lui, personalul de la inspectoratul general se împărțise în două tabere. El se mulțumea să își ducă zilele fără să risipească nici măcar o clipă ca să cugete la ceea ce șușoteau ceilalți în spatele lui.

Când îi zări pe cei doi bărbați, Alex Pop ezită preț de o secundă, dar mai apoi decise să le iasă în întâmpinare. Păși spre ei, privindu-i atât pe medicul legist, cât și pe procuror cu un ochi critic.

De fapt, ambii bărbați, mai în vârstă cu cel puțin zece ani decât Pop, reprezentaseră întotdeauna un model de urmat pentru acesta. Inspectorul auzise de mai multe cazuri dificile pe care cei doi le rezolvaseră în compania comisarului-șef al lui Pop, George Baranga, ba chiar le cercetase faptele.

Procurorul, Paul Burada, un bărbat trecut bine de patruzeci de ani, își purta chelia cu mândrie. Bărbatul își rădea capul și refuza cu îndărătnicie să se alăture hoardelor de bărbați care încercau să-şi acopere scalpurile cu şuviţe mai lungi de păr. Ştia că cea mai uşoară adiere a vântului i le-ar fi zburat pe loc, iar el putea trăi foarte bine şi fără să se simtă ridicol.

Fiind fost boxer, muşchii lui Burada îi întindeau hainele bine, iar ori de câte ori făcea o mişcare mai bruscă, inima oamenilor se chircea de frică. Nu puţini erau cei care se aşteptau ca hainele sau pantalonii lui să plesnească la cusături.

Ochii lui de un verde ca al măslinelor îi trădau perspicacitatea, precum şi faptul că văzuse destule lucruri de-a lungul vieţii sale şi mult prea puţine mai puteau să îl surprindă.

Toată lumea ştia că Burada şi medicul legist, Victor Dănilă, împărtăşeau o prietenie de lungă durată. Se cunoscuseră în şcoala primară, iar relaţia dintre ei reuşise să treacă testul timpului.

Amândoi arătau o indiferenţă totală faţă de impresia pe care le-o lăsau oamenilor din jur. Aceasta nu însemna însă că nu observaseră zâmbetele reţinute ce apăreau pe chipurile oamenilor atunci când aceştia îi zăreau împreună.

Medicul legist poseda o claie de păr cârlionţat sur şi nu puţini îl invidiau din cauza aceasta. Şi totuşi, mereu arăta ca un pat nefăcut, de parcă nu ar fi avut niciodată timpul să îşi treacă pieptănul prin cârlionţii rebeli.

Burada îl depăşea mult în înălţime pe Dănilă şi cântărea cu cel puţin şaptezeci şi cinci de kilograme mai mult decât el. Erau destui cei care îşi aminteau ce spusese un glumeţ o dată: „În caz că apare vreun pericol, Burada ar putea să-l ia pe Dănilă sub braţ cu uşurinţă şi să fugă cu el ca să caute un adăpost."

—Un nou caz, hmm, observă procurorul, strângându-i mâna inspectorului.

Pop se mulţumi să-l aprobe cu o mişcare a capului, iar apoi îi strânse şi medicului legist mâna.

—Ia-o înainte şi arată-ne drumul, fecior, îl invită Dănilă cu un semn al mâinii.

—Ştim ce s-a întâmplat aici? interveni şi Burada, întorcându-se pe călcâie şi urmându-i pe Dănilă şi Pop spre biroul de la recepţie pentru a putea trece spre zona lifturilor.

—Deocamdată nu. Numai ce am văzut cadavrul şi, în afară de faptul că este mult sânge, nu am văzut prea multe, să fiu sincer. Nu am vrut să perturb scena crimei înainte ca să fi venit echipa de la criminalistică şi medicul legist, mărturisi Pop ridicând din umeri cu nonşalanţă.

—Te-ai gândit bine, flăcău, îl plesni medicul legist peste umăr, iar un surâs i se aciui la colţurile gurii. Hai să aruncăm o privire atunci, o porni el înainte, conducând haita cu paşii hotărâţi ai unui om care îşi ştia meseria.

De fapt, inspectorul întotdeauna admirase siguranţa de sine a doctorului şi, de aceea, se străduise deseori să i-o copieze.

Alex Pop şi procurorul îl urmară pe doctor la câţiva paşi în spate, nedorind să-l încurce. Agenţii de securitate se dădură şi ei la o parte, intimidaţi de postura bărbatului mai scund. Vreo doi dintre ei chiar şterseră zidul din spatele lor.

—Sunt prea mulţi oameni pe aici, spuse Dănilă pe un ton aspru. Sunt convins că ne vom descurca foarte bine şi dacă ar rămâne numai unul dintre voi, îi informă el pe agenţii de securitate. Probabil că aveţi şi alte lucruri de făcut, îşi încheie el discursul cu sarcasm evident în voce.

Bărbatul era faimos pentru mai multe lucruri, dar, din nefericire, tactul nu era unul dintre ele.

Agenții de securitate înghițiră în sec cu greutate, dar îl aprobară cu o aplecare a capului și părăsiră zona. Numai cel mai vârstnic dintre ei rămase, iar ochii săi îi urmăriră mișcările doctorului cu atenție, ca și cum s-ar fi temut că bărbatul ar fi vrut să fure ceva.

Brusc, Georgescu dezvoltase o antipatie puternică față de doctor și îl supraveghea cu interes, doar, doar o găsi ceva ce i-ar fi putut reproșa mai apoi. *Până la urmă, eu sunt șeful aici,* se mustră singur pentru timiditatea sa inițială.

Medicul legist nu se mai obosi să-i citească expresia omului. Rareori îi păsa de ce gândeau oamenii pe care îi întâlnea.

Bărbatul se opri mai întâi în fața liftului, iar ochii săi atenți trecură în revistă scena cu foarte mare grijă. Pupilele urmăriră direcția de curgere a jetului de sânge, precum și petele împroșcate de pe peretele lateral al cabinei liftului. După aceea, ochii i se perindară peste chipul victimei, de la expresia șocată din ochii deschiși ai acesteia și până la grimasa înghețată care îi curbase colțurile gurii în jos.

Medicul legist își scutură capul ca un cunoscător. Nu se îndoia defel că omul avusese șocul vieții sale atunci când făcuse cunoștință cu lama ascuțită pe care o mână puternică i-o înfipsese cu sălbăticie în partea de jos a abdomenului.

Dănilă nu se grăbi să înceapă o examinare mai în amănunt. Burada și Pop așteptau cu răbdare în spatele lui, fiind conștienți că doctorul avea propriile sale obiceiuri când venea vorba de astfel de examinări.

Georgescu se încruntă, iar sprâncenele stufoase i se adunară pe frunte.

*Ce naiba face? Se gândește cumva să învie mortul doar uitându-se fix la el?* reflectă el cu sarcasm.

Neştiind pe unde călătoreau gândurile omului, într-un sfârşit, Dănilă îşi puse geanta medicală pe podea şi o deschise, scoţând o pereche de mănuşi din ea. După aceea, se ghemui alături de cadavru şi îşi începu examinarea directă a acestuia.

Tăcerea era atât de densă încât se impregnase în aer. Brusc, uşile unui lift se deschiseră cu un sunet, iar Georgescu mai că-şi ieşi din piele. Atenţia sa era atât de concentrată pe gesturile măsurate ale doctorului că omul aproape că se pierduse în spaţiu. Bărbatul îşi muşcă buza de jos pentru a-şi reprima un ţipăt, iar după aceea se uită în jur cu vinovăţie.

Burada rânji cu un aer atotştiutor şi îl împunse pe Pop cu cotul fără să-i pese că putea fi văzut. Pop se mulţumi doar să ridice din umeri şi să-şi scuture capul, însă, cu toate acestea, agentul de securitate tot se înroşi.

—Nu cred că mai aveţi nevoie de mine pe aici, mormăi omul fără să se adreseze cuiva anume. Am şi alte lucruri de făcut. Cele două femei care au găsit cadavrul sunt în biroul din spate cu unul dintre oamenii mei, se gândi el să menţioneze, arătând în direcţia uşii dinspre scări.

—Mulţumesc, îi răspunse Pop pe un ton liniştit. Vom vorbi şi cu ele într-un minut, mai adăugă el şi îi mulţumi omului cu o aplecare din cap.

Georgescu plecă bodogănind, iar rânjetul lui Burada crescu şi mai mult. Nu auzea cuvintele omului, dar avea suficientă imaginaţie ca să ştie că agentul de securitate nu exprima gânduri prea calde vizavi de ei.

—Individul a fost terminat cu o lovitură la splină, trase medicul legist concluzia. Lama a dat peste o arteră, după cum puteţi vedea din jetul de sânge care a ajuns în colţul acela al liftului. Îmi imaginez că şi ucigaşul a fost stropit, de asemenea, considerând spaţiul acesta gol în urma lăsată de sânge, le arătă doctorul. Ar fi interesant de aflat cum a reuşit să dispară. Ar fi trebuit să fie văzut cel puţin de agenţii de securitate dacă ar fi plecat pe calea aceea, arătă el spre turnichete. O persoană acoperită de sânge ar fi atras privirile tuturor, afirmă bărbatul cu convingere.

—Voi verifica să văd ce măsuri de securitate au fost luate pentru accesul la etajele de mai sus, spuse Pop pe un ton liniştit. Şi bineînţeles, voi verifica şi dacă mai există altă cale pentru a părăsi clădirea, se grăbi el să adauge când procurorul dori să intervină.

Într-adevăr, Burada tocmai dorise să le atragă atenţia că ar mai fi putut exista o altă ieşire. Acum omul se mulţumi numai să dea din cap, încântat de procesul de raţionare al inspectorului.

—Poate că ar trebui să îi verifici şi pe agenţii de securitate, nu putu să-şi ţină gura închisă Dănilă, intervenind în discuţie cu maliţiozitate. Cine ştie, poate că au avut vreo înţelegere cu criminalul, adăugă el, făcându-i cu ochiul lui Burada.

—Mă îndoiesc de asta, îşi scutură Alex Pop capul, fără să simtă niciun fel de reţinere în a-l contrazice pe doctor.

Inspectorul îl respecta pe om, dar avea senzaţia că acum doctorul doar îl lua peste picior. Teoria aceea suna prea fantasmagoric pentru a-şi pierde timpul să se gândească la ea.

Metropola poate să fi cunoscut unul sau două cazuri de conspiraţii criminale de-a lungul ultimelor câteva decade, dar poliţistului îi venea greu să îl plaseze pe Georgescu, agentul de securitate mai în vârstă, în postura de complice. Tipul arăta mai degrabă ca un bărbat care îți număra cu nerăbdare anii pe care îi mai avea de muncit înainte de a se putea pensiona și a-și putea umple zilele numai cu creșterea roșiilor sau verzei.

În ciuda nerăbdării evidente a bătrânului să-și ia locul în lume ca pensionar, Pop tot nu putea crede că Georgescu ar fi fost capabil să pretindă că nu a văzut o crimă. Omul poate că ar fi închis ochii dacă cineva ar fi părăsit clădirea cu o rolă de hârtie igienică ascunsă într-o pungă, dar o crimă era mult prea departe de așa ceva.

Buzele lui Dănilă zvâcniră cu amuzament. Așa cum se așteptase, Pop nu pricepuse că el pur și simplu glumise cu el.

*Băiatul prea ia totul literar*, mustăci medicul legist și îndesă mănușile în punga întinsă de unul dintre experții criminaliști.

—Ei bine, nu mai ai nevoie de mine aici, fecior, îl plesni el pe Pop peste umăr. Am o întâlnire fierbinte cu doamna Dănilă. Am hotărât să luăm prânzul împreună și nici nu îți poți imagina cât de vocală poate deveni soția mea dacă sunt în întârziere, menționă el, aruncând o privire la ceasul de la mână. Și de data aceasta, cu siguranță sunt voi întârzia, își scutură el capul cu regret. Eh, îmi voi înghiți prânzul cu ghionturi, ridică doctorul din umeri cu resemnare.

Și cu toate acestea, omul nu înțelegea cum de era posibil ca jumătatea lui să nu fi priceput rigorile muncii sale după atât de mulți ani. Soția lui era o femeie încăpățânată, însă era totuși destul de inteligentă pentru a înțelege lucruri chiar mai complexe decât acesta.

—Sunt convins că Alex este destul de capabil să se ocupe de investigația de aici de unul singur, spuse Burada, privind fără șovăire direct în ochii bărbatului mai tânăr.

Alex Pop aprobă dând din cap serios, iar procurorul surâse.

—Atunci plec şi eu, spuse bărbatul. Îl voi anunţa pe şeful tău că ţi-am dat mână liberă în ceea ce priveşte audierile. Mă pui la curent cu tot ce afli mâine dimineaţă, adăugă procurorul şi îi strânse mâna inspectorului, luându-şi la revedere.

Dănilă şi Burada plecară împreună, iar Pop îi urmări cu ochi circumspecţi. Îşi amintea bine comentariul pe care comisarul-şef îl făcuse la încheierea ultimului său caz şi se aştepta ca procurorul să se întoarcă în orice clipă.

Comisarul-şef îşi ieşise din ţâţâni când aflase că Pop rezolvase cazul infiltrându-se într-o bandă şi pozând drept membru aspirant. Înainte de aceasta, inspectorul trecuse şi prin mai multe sesiuni de beţii cumplite cu vreo doi dintre membrii bandei.

Problema a fost că inspectorul nu ceruse niciun fel de autorizaţie să facă acel lucru şi, implicit, nu avusese niciun fel de susţinere din umbră. Dacă i s-ar fi întâmplat ceva, nimeni nu ar fi ştiut nimic până ce ar fi fost prea târziu ca să mai poată fi ajutat.

George Baranga, comisarul-şef al lui Pop, reprezenta chintesenţa tactului şi aproape că niciodată nu admonesta vreun subaltern în prezenţa altor oameni. Cu toate acestea, la vremea aceea, omul fusese furios ca un taur scos din ţâţâni şi îşi făcuse comentariile chiar în faţa ochilor amuzaţi ai lui Burada.

Lui Pop îi venea greu să creadă că procurorul uitase acele comentarii. Din acel moment, se presupunea că Pop nu mai avea voie să conducă o investigaţie de unul singur. Baranga decretase că ofiţerul trebuia să aibă o umbră tot timpul atunci când era implicat în desfăşurarea unei anchete.

Când Burada opri un taxi şi plecă, ochii lui Pop se umplură de uluire. Se aşteptase ca procurorul să se întoarcă în clădire după ce ar fi schimbat câteva cuvinte cu doctorul.

Pop ridică din umeri şi îşi aruncă ochii spre experţii criminalişti care îşi începuseră treaba. După aceea, se întoarse şi îl căută din ochi pe Georgescu la biroul de la recepţie, dar bătrânul nu era nicăieri.

Geo era cel care se ocupa de recepţie, iar ochii îi erau lipiţi cu o concentrare intensă de ecranele monitoarelor. Pop consideră că omul ar fi trebuit lăudat pentru dedicaţia sa. Tânărul nu dădea nici cea mai mică atenţie activităţii roiului de tehnicieni criminalişti, care patrulau prin hol.

În realitate, nu era suficient spaţiu în lift pentru toţi, aşa că, în mare parte, aceştia se găseau acolo doar ca să ofere un spectacol de forţă impresionant.

Când inspectorul se apropie de agentul de securitate şi ochii îi căzură pe monitoare, sprâncenele îi zvâcniră în sus. Numai unul dintre monitoare arăta imaginea unor coridoare, dar, evident, ochii agentului numai pe acela nu poposeau. Obiectul atenţiei acestuia era monitorul pe care rula un film de acţiune, în care juca un Bruce Lee contemporan, al cărui nume Pop nu fusese niciodată curios să îl afle.

Ofiţerul îşi scutură capul, iar apoi se interesă:

—Unde sunt cele două femei care au găsit cadavrul?

Spre mâhnirea lui, nu primi niciun răspuns. Acţiunea filmului îl prinsese pe Geo strâns în gheare, iar pupilele omului nu se vădeau capabile să părăsească ecranul.

Pop îşi scutură capul, iar apoi ciocăni în masă.

—Este careva pe-acasă? lătră el, iar tânărul mai că sări de un metru în sus.

—Ce e?... Ce e?... Care e problema? reuşi Geo să bombăne după ce se bâlbâi câteva secunde. Sprâncenele i se adunaseră pe frunte, dar numai după ceva vreme îşi aduse aminte să oprească filmul.

—Martorele? Unde sunt, omule? îl privi ofiţerul urât pe agentul de securitate.

—Acolo, în biroul din spate, arătă omul cu degetul spre o uşă de pe partea dreaptă a coridorului ce se deschidea în spatele lui. Mai aveţi nevoie de altceva? spuse el printre dinţi, ochii lui alunecând spre monitor.

Pop oftă în sinea sa. *Dacă aşa priveau monitoarele şi când a avut loc crima, nu este de mirare că un criminal stropit de sânge s-a făcut pur şi simplu nevăzut,* reflectă bărbatul cu amărăciune. Scuturându-şi capul cu necaz, o porni spre biroul pe care i-l indicase Geo.

Când ajunse la uşă, hohotele de plâns ce veneau din interiorul biroului îi făcură inima să se chircească. Ofiţerul mai că se întoarse să plece, dar, din nefericire, aceea nu era o opţiune valabilă.

Oftă profund, îşi adună curajul şi ciocăni scurt la uşă. După aceea, pătrunse în încăpere. Priveliştea din faţa ochilor nu îl făcu prea fericit.

# CAPITOLUL PATRU

C ând Alex Pop a pătruns în încăpere, o pereche de ochi s-a întors întrebător spre uşă. Într-o secundă, ofiţerul luă notă rapid de sclipirea de curiozitate din ochii migdalaţi ai Anei-Maria, dar licărul de curiozitate nu îl impresionă mai deloc. În fond, prezenţa lui provoca mereu aceeaşi reacţie în privirile tuturor martorilor, iar el devenise imun la reacţiile lor de-a lungul timpului.

După aceea, ochii lui Pop se îndreptară spre cealaltă femeie. Aceasta plângea cu amărăciune, sprijinindu-şi capul în mâinile care îi tremurau.

Razele soarelui de după-amiază se strecurară prin benzile verticale ale jaluzelelor şi aprinseră roşul din părul femeii. Preţ de o secundă trecătoare, bărbatul privi buclele ce păreau în flăcări de parcă ar fi fost mesmerizat. Numai după aceea, îşi scutură capul imperceptibil şi închise fără zgomot uşa în spatele lui.

—Sunt inspectorul de poliţie Alex Pop, se prezentă el, întorcându-se din nou spre cele două femei. Vocea îi sună uşor răguşită chiar şi în urechile lui. Bărbatul îşi drese glasul, uşor jenat pentru că se găsea sub scrutinul ochilor rotunjiţi ai Anei-Maria.

*Încă unul care a picat fulgerat,* reflectă femeia cu tristeţe, încercând, în acelaşi timp, să afişeze o atitudine nonşalantă.

În fond, nu ar fi fost ca şi cum nu ar fi plăcut-o Ana-Maria pe Liza. O plăcea şi chiar suficient de mult pentru că altfel nu ar fi fost prietene. Însă acel lucru nu o oprea să observe cum tânăra arunca un con de umbră asupra oricărei alte femei ce se găsea în apropierea ei. Bărbaţii erau atraşi de ea în cârduri.

*Iar acesta nici măcar nu i-a văzut ochii şi nici nu i-a auzit vocea încă,* îşi continuă tânăra ruminaţiile ei amare.

# BARBATUL DIN LIFT

Şi cu toate acestea, tot îl măsura pe bărbatul din faţa ei pe sub gene, cu un interes ascuns. Până în acel moment, nu fusese suficient de norocoasă să facă cunoştinţă cu un ofiţer de poliţie, aşa că prezenţa lui îi stârnise curiozitatea.

Şi totuşi, înfăţişarea poliţistului era la fel de departe de ceea ce prezentau serialele TV precum era şi luna de pământ. Acesta nu era un bărbat înalt cu ochii duri şi gura severă, ci chiar opusul descrierii tip a majorităţii cărţilor poliţiste. Omul nu depăşea 170 de centimetri nici măcar cu doi centimetri, iar tânăra era convinsă că s-ar fi putut privi drept în ochi dacă ea nu ar fi stat jos.

*Ştiam eu. Şi filmele, şi cărţile mint. Nu cred că am văzut vreun tip care să sară de 180 centimetri înălţime şi care să aibă şi umeri laţi, şi coapse puternice,* rânji femeia, evaluându-l pe bărbatul din faţa ei. *Cei înalţi sunt de obicei subţiri, ba chiar slabi ca o nuia.*

Ochii lui îi aminteau Anei-Maria de alunele care îi plăceau atât de mult în trecut, aproape cu o viaţă în urmă. Pe vremea copilăriei, avea obiceiul să adune cât putea de multe ori de câte ori se ducea în drumeţii prin păduri.

Colţurile gurii bărbatului se curbară într-un surâs capricios, de parcă ar fi ştiut că femeia îl măsura critic.

*Acesta este un bărbat care ştie să privească lumea cu ironie neascunsă,* trase Ana-Maria concluzia. *Probabil are şi o limbă ascuţită, numai bună să te facă feliuţe dacă aşa i-ar surâde.*

Femeii i-ar fi plăcut să poată citi ce gânduri îi treceau inspectorului prin cap în acel moment. Din păcate, bărbatul iar îşi întorsese privirea spre părul Lizei şi îl privea cu atâta intensitate încât Ana-Maria se minună că prietena sa nu simţise deja ochii bărbatului asupra ei.

*Cine ştie, poate că i-a simţit,* reflectă ea. În fond, cunoştea foarte bine trucurile pe care Liza adora să le joace de obicei, atunci când avea chef să înnebunească vreun bărbat. Femeia nu se dădea la o parte de la nimic, în mod normal. Ce părea ieşit din comun era izbucnirea ei emoţională din acel moment.

Cum se cam săturase să fie martoră la starea de totală fascinaţie a bărbatului, ochii Anei-Maria coborâră din nou spre gura lui. Aceasta o fascina din cauza buzelor pline şi moi. *Mda, nu e deloc rău când vine vorba de sărutat,* reflectă ea cu obrăznicie.

Brusc, deveni conştientă că bărbatul îşi întorsese din nou ochii spre ea şi se înroşi violent. Femeia se îndoia că ofiţerul i-ar fi putut ghici gândurile. În ciuda acelui fapt, tot avea senzaţia că ochii lui i le putea citi de parcă totul îi era scris pe chip.

Sprânceana lui Pop săgetă în sus pe fruntea lui preţ de câteva secunde. *Mă întreb ce-i trece acestei femei prin minte atunci când se uită la mine,* reflectă el, dar mai apoi ridică cu indiferenţă din umeri şi spuse:

—Înţeleg că voi două aţi găsit cadavrul în lift.

În clipa următoare, roşcata izbucni în hohote de plâns mai puternice decât până atunci, iar omul se strâmbă. Când îi observă disconfortul, Ana-Maria încercă să-şi ascundă surâsul, dar nu reuşi să fie suficient de rapidă. Bărbatul îşi întoarse ochii spre ea din nou, iar pupilele i se întunecară şi mai mult.

—Da, noi l-am găsit, alese Ana-Maria să îi răspundă la întrebare. Oricum, nu ar fi putut da timpul îndărăt, şi, de fapt, o distrau reacţiile lui.

Liza hohoti şi mai tare, iar acum umerii înguşti şi delicaţi ai femeii se scuturară viguros.

Alex respiră adânc, încercând să își regăsească răbdarea, iar apoi observă pe un ton liniștit:

—Mă îndoiesc la modul serios că aș putea să-i pun întrebări în acest moment. Ar fi oare posibil să găsim pe altcineva să o aline pentru ca eu să pot discuta cu tine cel puțin? o întrebă el pe Ana-Maria pe un ton discret.

Ana-Maria își lăsă capul pe o parte, iar apoi, cu o mișcare scurtă din cap, îl asigură că era posibil. Femeii îi plăcea cum gândea polițistul. I-ar fi surâs să petreacă câteva momente singură cu el, departe de Liza și puterile ei de seducție.

Clocotind de nerăbdare, tânăra își pescui telefonul mobil din buzunarul din spate al blugilor și frunzări printre contactele din telefon. Alese unul și formă numărul.

Fură necesare câteva secunde ca să i se răspundă la apel, iar până în acel moment, Alex deja pierduse o pojghiță subțire din răbdarea pe care abia și-o reclădise și, ca atare, începu să-și zornăie monezile din buzunar și să se balanseze pe tălpile picioarelor.

—Bună, Maria. Nu știu dacă ai aflat ce s-a întâmplat, începu Ana-Maria să vorbească repede, chiar dacă pe un ton oarecum dulceag.

Ambele sprâncene se urcară pe fruntea lui Alex când acesta îi auzi vocea. Încerca unele îndoieli că aceasta era atât de dulce pe cât voia să lase impresia. Polițistul deja remarcase unele sclipiri șirete în ochii ei și ar fi pariat fără să ezite că femeia nu avea niciun strop de dulceață sau blândețe.

—Ah, văd că nu ai auzit încă despre ce i s-a întâmplat lui Dan. Oricum, Liza este într-o stare de spirit foarte proastă acum, iar poliția are nevoie de o persoană să o aline, înțelegi. Și...

Aparent, interlocutoarea ei o întrerupse. Ana-Maria se opri din vorbit și ascultă cu nerăbdare la cele spuse de colega ei. Destul de curând, sprâncenele i se adunară pe frunte, iar ochii îi fulgerară.

—Nu, nu eu. Acesta era de fapt scopul apelului meu. Poliția vrea să discute cu mine acum, și se pare că este imposibil să discutăm atâta timp cât este și Liza aici, replică ea pufnind, surprinsă neplăcut de ceva ce i se spusese.

Ana-Maria nu prea avea simț matern nici în zilele ei bune. Mai mult decât atât, pe ziua aceea fusese nevoită să o menajeze și să o aline pe Liza destul de mult timp și se cam săturase. Femeia simțea nevoia să se distanțeze de tumultul emoțional al prietenei sale.

Un zâmbet mic se agăță de colțurile gurii lui Alex atunci când percepu schimbarea din vocea femeii.

*Da, aceasta de acum este ea cea adevărată. Așa cum am crezut de la început, nu există nicio urmă de dulceață în trupul ei,* mustăci el, scuturându-și capul imperceptibil. Ochii i se fixară cu fascinație pe luminițele mânioase ce străluceau în pupilele femeii.

Deodată, Ana-Maria îi observă amuzamentul și se ridică imediat, întorcându-se cu spatele la el.

*Nu-mi pot păstra calmul măcar o dată, la naiba,* se admonestă pe sine.

Își dorise să îl lase pe inspector cu o impresie diferită despre ea.

*Dar cum naiba să-mi păstrez calmul când cuvintele mele alunecă pe lângă urechile oamenilor? De ce pisicii mei credeai că te-am sunat, toanto?* își certă ea colega în gând, fără să se obosească să asculte discursul lung al femeii.

# BARBATUL DIN LIFT

Cuvintele Mariei treceau în pași de vals pe lângă urechile ei, iar Ana-Maria nici măcar nu își dădu seama că și ea făcea exact același lucru de care o acuzase pe prietena sa.

—Bine, bine, o întrerupse ea pe Maria. Este inutil să dezbatem ce și cum acum, continuă ea. Doar spune-i Alinei să trimită pe careva aici pentru Liza, ceru ea pe un ton mai potrivit unui general.

*Un lup în blană de oaie,* reflectă Alex, iar buzele îi zvâcnirä cu amuzament.

Bărbatul nu se obosi să-și mascheze reacția pentru că Ana-Maria rămăsese tot întoarsă cu spatele spre el.

—Da, ar fi o bună idee să încercați să o alinați cu niște ceai sau cafea, aprobă Ana-Maria cuvintele colegei sale, dar se văzu nevoită să se oprească din nou pentru că interlocutoarea sa continuă să vorbească.

Alex își lăsă capul pe o parte și o privi pe femeie cu ochi analitici. Spatele acesteia era încordat și demonstra că aceasta își pierduse răbdarea complet, așa cum o indica și pumnul bine strâns pe care-l ținea pe lângă corp.

—Pe bune? Aceasta vă interesează acum? strigă ea și inima lui Alex se chirci. Nu, nu vă veți primi mâncarea. Desigur, continuă ea pe un ton mușcător, ați putea să le cereți polițiștilor să vă dea voie să mergeți și să o adunați de pe podeaua liftului. O fi probabil condimentată cu sângele lui Dan, dar ce naiba, puteți să o serviți cu binecuvântarea mea din toată inima, încheie femeia pe un ton sarcastic.

Se părea că Maria își exprimase neplăcerea vizavi de cuvintele femeii, dar Ana-Maria se mulțumi numai să ridice din umeri. Când oamenii demonstrau insensibilitate, putea să se comporte și ea la fel.

—Indiferent de ce alegeți să faceți în ceea ce privește mâncarea, se decise Ana-Maria să încheie discuția, cere-i Alinei să trimită pe careva aici. Dacă nu, îmi voi face eu timp să o aduc pe Liza pe platou și să o las cu voi. Știi că poate să se smiorcăie până în zorii zilei, dacă așa îi convine ei, încheie ea discuția pe o notă malițioasă și deconectă apelul.

Oftatul ei adânc ajunse la urechile lui Alex, iar bărbatul își mai scutură o dată capul. Femeia se întoarse spre el brusc, iar polițistul își controlă trăsăturile pentru a nu dezvălui nimic din ce-i trecea prin cap.

—Nu-ți fă griji, își flutură ea mâna neglijent. Cineva va veni curând. Nu cred că le-ar plăcea să o aibă pe platou, își apleca ea capul în direcția prietenei sale. Ce părere ai de niște cafea? întrebă ea, îndreptându-se brusc spre ușă cu pași hotărâți.

Acțiunea ei îl surprinse pe Pop, iar polițistul se holbă după ea cu uluire.

—Pardon? abia reuși el să îngaime printre dinți într-un târziu.

Începuse să-l doară capul rău. Se cam săturase de toate, având o femeie alături care plângea de mama focului și o alta care juca teatru cu aplomb.

—Te-am întrebat dacă vrei niște cafea, își întoarse Ana-Maria capul spre el, fără să se oprească din mers. Eu, una, am nevoie de cafea, așa că nu mi-ar fi prea greu să-ți aduc și ție una, sublinie ea, întinzând mâna spre mânerul ușii.

Alex își drese vocea de vreo două ori, iar apoi își întoarse ochii spre femeia care încă stătea pe scaun, continuând să plângă. I-ar fi surâs o cafea și oricum nu ar fi putut să îi interzică Anei-Maria să se ducă să-și ia una. Cu toate acestea, ar fi preferat să nu rămână singur cu femeia care hohotea de parcă întreaga ei lume se sfârşise. Din când în când, hohotele de plâns ale Lizei atingeau note acute care îi zgâriau urechile, impulsionând astfel trecerea câte unui junghi ascuţit prin capul lui.

Ana-Maria încercă să-şi ascundă un rânjet satisfăcut şi îşi flutură mâna cu nonşalanţă.

—Vei supravieţui, spuse ea cu convingere. Acum, vrei cafeaua aceea sau nu? Şi dacă da, vrei să fie espresso sau cappuccino? Neagră, cu zahăr...., gesticulă ea. Ştii tu... toate cele.

Alex o privi chiorâş fără să îşi ascundă neplăcerea. Şi totuşi, ştia că trebuia să cedeze.

—Espresso, fără zahăr, îşi acceptă el înfrângerea cu graţie.

—Vine imediat, îi aruncă Ana-Maria ofiţerului un zâmbet de pisică, iar o lumină drăcească îi jucă în pupile.

Părăsi încăperea cu un pas elastic, iar Alex îşi scutură capul în spatele ei.

*Ar trebui oare să mă tem că vrea să mă otrăvească?* se întrebă el.

# CAPITOLUL CINCI

ANA-MARIA SE ÎNTOARSE cu ceştile de cafea doar cu câteva secunde înainte ca să ciocănească cineva la uşă cu timiditate. Fără niciun fel de ceremonie, Ana-Maria împinse una dintre ceşti către Pop, iar apoi se duse spre uşă cu paşi mari şi o deschise.

Din uşă le zâmbi o fată de nicioptsprezece ani, după părerea lui Alex. Aceasta avea părul de un blond întunecat şi vădea subţirimea unei salcii.

—Am venit să o iau pe Liza, spuse ea aproape şoptit, iar capul i se întoarse spre roşcata care dovedea că încă mai avea resurse să plângă.

*Mă întreb când îi vor seca lacrimile,* oftă Pop în sinea lui.

Femeia plângea deja de ceva vreme, iar omul nu putea pricepe unde găsea aceasta tăria să continue.

—Eşti bine-venită, replică Alex pe un ton sec. Dacă se opreşte din plâns, poate mă anunţi şi pe mine, o rugă el pe tânără.

Blonda dădu din cap afirmativ cu strășnicie, iar inspectorul se temu pentru soarta ochelarilor cocoțați precar pe nasul ei. Părea că stau să cadă. Omului i se strângea inima la fiecare aplecare de cap a fetei și se rugă în gând ca aceasta să se oprească.

Ana-Maria își lăsă ceașca pe masă și îi atinse Lizei umărul.

—Liza, a venit Carmen să te însoțească sus la etaj, fată. Înțeleg că acolo ți-au pregătit niște ceai. Este în regulă?

—Nu, nu este în regulă, sări femeia din scaun brusc și strigă cu mai multă forță decât s-ar fi așteptat cei din jur.

În același timp, își aruncă și brațele în aer într-un gest dramatic.

Alex o privea fascinat și nu numai din cauza spectacolului. Observă că verdele de pădure al ochilor ei înota în lacrimi, iar pleoapele îi erau umflate din cauza plânsului. În ciuda acestui fapt, femeia tot arăta fantastic.

Ana-Maria se strâmbă când observă fascinația bărbatului vizavi de Liza și își scutură capul cu necaz.

*Mă tem că trenul acesta a părăsit deja gara, fată,* reflectă ea. *Încă un tip care a devenit inaccesibil de acum.*

—De ce nu este bine? se întoarse ea la problema de moment și își întrebă prietena pe un ton alinător, în ciuda mâniei sale care dădea în clocot.

—Dan a muriiiit! se jelui ea.

*Spune-mi ceva ce nu știu,* se răsti Ana-Maria în gând.

—Vorbeam de niște ceai pentru tine, încercă ea să o îndepărteze pe prietena sa de la subiectul morții fostului ei iubit.

—Cum aş putea bea ceai dacă el este mort? pufni Liza furioasă şi o împinse pe Ana-Maria la o parte cu o putere remarcabilă.

*O avea ea inima frântă, dar tot mai are ceva spirit,* se gândi inspectorul, deşi considera că atitudinea femeii se vădea cam copilăroasă.

—Îmi amintesc foarte bine că nici cu o oră în urmă îmi spuneai că nu îţi mai pasă de el, se răsti Ana-Maria la Liza, uitând complet de bunele sale intenţii.

Femeia îşi puse mâinile pe şolduri şi o privi pe Liza cu ochi nemiloşi. Se cam săturase de spectacolul oferit de prietena sa.

—Aşa a fost atunci, strigă Liza. Acum îmi pasă de el, lovi ea cu piciorul în podea.

—Poate să îţi pese de el la fel de bine şi dacă te duci sus, sublinie Ana-Maria, iar gura îi deveni o linie subţire.

Femeia sperase să i se dea şi ei şansa să-l impresioneze pe inspector şi se gândise că ar fi făcut-o dacă Liza ar fi dispărut din peisaj. Acum însă, nu mai era prea sigură de acel lucru. Nu numai că prietena ei nu voia să plece, dar, din nefericire, ea însăşi îi arătase deja poliţistului trăsăturile sale mai negative.

—Poate că atunci te simţi capabilă să îmi răspunzi la câteva întrebări acum, interveni Alex.

Bărbatul dorea să îşi continue investigaţia cu orice preţ, chiar dacă îl interesa şi dinamica dintre cele două femei.

Cu toate acestea, după numai o clipă, Alex îşi regretă cuvintele. Liza îşi întoarse ochii spre el şi izbucni din nou în plâns după ce îl privi câteva secunde interogativ.

*Uite că o luăm de la capăt din nou,* oftă bărbatul în sinea sa şi îşi deschise braţele, semn că se hotărâse să renunţe.

Fata subțire ca o salcie își scutură capul și se apropie de cele două colege ale sale. Își petrecu un braț în jurul umerilor Lizei și o strânse cu blândețe.

—Știu că ești necăjită acum, draga mea, îi șopti Carmen Lizei pe un ton alinător. Pot să și înțeleg de ce. Aș fi și eu dacă aș fi în locul tău, recunoscu ea. Dar totuși, trebuie să vii cu mine și să bei un pic de ceai fierbinte. Te va ajuta, îți promit, continuă ea să susure ademenitor în urechea Lizei.

Liza își coborî capul cu ezitare, dar mai apoi îi permise lui Carmen să o conducă spre ușă sub privirea îngustată a Anei-Maria și sub expresia uluită a inspectorului. Bărbatul nu se așteptase ca puștoaica să reușească acolo unde cealaltă femeie dăduse greș.

După ce Carmen și Liza părăsiră încăperea, omul își întoarse ochii spre Ana-Maria și îi evaluă postura. Sânii femeii se ridicau cu greutate, iar aceasta era clar furioasă.

—Acum, în sfârșit, putem și noi discuta, o invită Pop pe Ana-Maria să ia loc, fluturându-și mâna spre unul din scaunele din jurul mesei.

Femeia îl privi piezish. Deodată, nu îi mai păsa că a rămas singură cu el.

*Care mai este rostul, până la urmă?* ridică ea din umeri vizibil, iar ochii lui Alex se lărgiră ușor.

*Cred că ar fi edificator să fac o plimbare prin mintea acestei femei,* reflectă el, așezându-se la rândul său la masă.

Bărbatul își puse ceașca de cafea în fața lui și își sprijini brațele de tăblia mesei, înlănțuindu-și degetele.

—Deci, cum ai dat peste cadavru? se gândi el să întrebe mai întâi.

Ana-Maria îl privi pe sub gene.

# BARBATUL DIN LIFT

*Ești idiot sau ce? Răspunsul este evident, prostule,* gândi ea, iar colțurile gurii i se ridicară în sus într-un surâs ironic.

Bărbatul o privea cu mare atenție, iar ca urmare a reacției ei, o sprânceană îi sări pe frunte.

*Face haz pe seama mea,* trase el concluzia.

Femeia ridică din umeri, iar apoi spuse:

—Am apăsat pe butonul de la lift să îl chemăm și, când s-au deschis ușile, am observat cadavrul pe podea, spuse ea pe un ton vioi.

Cu toate acestea, subtextul cuvintelor ei era clar și zbârnâia în aer: *Oricine s-ar fi gândit la așa ceva.*

—Mi-am imaginat acest lucru, replică omul pe un ton sec. Întrebam ce v-a făcut să luați liftul, îi atrase el atenția.

—De obicei luăm liftul ca să ajungem la etajul nostru. Lucrăm la etajul șapte, știi. Nu prea aveam chef să facem atât de multă gimnastică, îi replică Ana-Maria, iar ochii îi sclipiră cu malițiozitate.

Inspectorul scrâșni din dinți și o reevaluă pe femeie. Aceasta făcea intenționat să fie totul cât mai dificil.

—Unde ați fost de ați avut nevoie de lift? întrebă bărbatul printre dinți.

—Doar pe afară, ridică ea din umeri.

—În regulă, spune-mi tot ce s-a întâmplat înainte să se deschidă ușile de la lift, decise Alex să întrebe. Atitudinea femeii îi punea rău la încercare răbdarea deja biciuită.

—Totul? îi sclipiră ei ochii. Ne va lua o grămadă de timp. Poți să stabilești o anume perioadă de timp? întrebă ea, iar vocea în voce i se simțea un râset reținut.

*Mda, este clar. Fie s-a plictisit și caută ceva cu care să se distreze, fie are ceva împotriva poliției, în general, sau împotriva mea, în particular,* trase bărbatul concluzia.

—Hai să încercăm o abordare diferită, propuse el. Unde ați fost înainte de veni înapoi în clădire cu intenția de a lua liftul? întrebă el, iar de data aceasta, încercă să sune cât mai indiferent posibil.

*Nu îți voi da satisfacția să mă scoți din țâțâni,* gândi bărbatul, deși încheieturile degetelor îl trădau. Alex își strânsese degetele atât de tare încât i se albiseră încheieturile.

Buzele tinerei zvâcniră când ochii îi trecură preț de o clipă peste mâinile lui. Își duse ceașca la buze și sorbi din lichid, privindu-l peste buza ceștii cu mare stăpânire de sine.

—Am luat și noi o pauză și ne-am dus să ne cumpărăm ceva de ronțăit, dezvălui Ana-Maria într-un final, iar luminile din ochii ei dansară.

—V-ați întâlnit cu victima în timp ce ați făcut cumpărături? se interesă polițistul.

Ana-Maria își scutură capul.

—Nu, nu ne-am întâlnit. Dan ieșise să ia prânzul mai devreme. L-am auzit când l-a întrebat pe un tip de la etajul trei cam pe la ce oră obișnuiește una dintre colegele lui să își ia pauza de prânz, îi explică ea.

—De ce? întrebă bărbatul cu uimire.

—Nu e prea dificil de dedus, inspectore, i-o întoarse femeia, accentuând pe cuvântul *inspector*.

*Doar ești polițist, în fond,* gândi ea în derâdere. *Nu ar trebui să ai nevoie de explicații suplimentare. Nu este prea dificil să citești printre rânduri,* reflectă ea, privindu-l de sus.

# BARBATUL DIN LIFT

Ana-Maria deja renunţase să îi mai stârnească interesul inspectorului, aşa că se simţea liberă să îi vorbească fără niciun fel de artificii. Femeia ştia din experienţă că, atunci când unui tip îi sticleau ochii pentru Liza, ea, una, nu mai avea nici cea mai mică şansă.

Inspectorul decise să-şi bea cafeaua dintr-o înghiţitură. Trăia un impuls de factură specială – să-şi pună degetele în jurul gâtului femeii şi să strângă bine. Impertinenţa ei îl agasa.

—În regulă, înţeleg. Deci nu l-aţi văzut când aţi fost în afara clădirii.

Ana-Maria se mulţumi să îşi scuture capul, iar mai apoi, începu să pianoteze cu degetele pe tăblia mesei. Îi plăcea vocea bărbatului care suna groasă, dar şi mătăsoasă în acelaşi timp.

*Cam ca un whiskey vechi, presupun,* mustăci ea.

De asemenea, îi surâdea şi că avea o pauză mai lungă de la muncă, deşi munca nu o prea deranja pe ea.

*Dar care-i scopul până la urmă?* se întrebă ea.

—Bun atunci, v-aţi dus să cumpăraţi nişte chestii de ronţăit. Am remarcat că prietena ta părea mult mai ataşată de victimă. A spus cumva ceva legat de el atunci când aţi fost plecate? Şi ce s-a întâmplat când a găsit cadavrul? întrebă Alex, cu ochii fixaţi cu îndărătnicie pe chipul femeii, deşi mişcarea ritmică a degetelor ei îl scotea pur şi simplu din minţi.

—Straniu, să ştii. Chiar vorbeam despre el, îi răspunse Ana-Maria cu o privire îndepărtată în ochi. Liza tocmai îmi spunea că lui Dan i s-a interzis accesul în al patrulea club, mustăci ea.

—Cum aşa? întrebă Alex.

—Cum aşa ce? îl întrebă ea arţăgoasă şi avu surpriza să vadă acele buze moi devenind tari.

—Cum de i s-a interzis accesul în club? întrebă poliţistul, iar în voce i se strecură nerăbdarea.

—Ah, despre asta întrebai, în sfârşit înţelese şi Ana-Maria la ce se referea el. A sărit pe o masă şi a început să danseze, îi explică ea.

—Nu-mi pot imagina că i s-ar interzice cuiva accesul într-un club pentru ceva atât de trivial, observă Alex pe un ton uscat.

—Li se interzice dacă îşi scot şi hainele de pe ei în timp ce dansează, îl contrazise Ana-Maria.

—Înţeleg, aprobă omul cu o mişcare a capului.

*Îmi imaginez că celor ce conduc cluburile nu le prea surâde un striptease improvizat,* trase el concluzia.

—Deci voi două vorbeaţi despre ultima lui aventură din club când l-aţi găsit mort pe podeaua liftului, presupuse Alex.

—Da, ceva de genul acesta, îi aprobă Ana-Maria cuvintele.

*Ţi-a luat destul de mult timp să ajungi la această concluzie. Bietul Dan! Este posibil să nu-i se găsească ucigaşul,* se gândi ea, nu prea impresionată de puterea de deducţie a poliţistului.

Alex îi citi gândurile cu acurateţe şi mânia îi fulgeră în ochi.

—Înţeleg că ai lucrat cu victima ceva vreme, îşi continuă el linia de interogare cu îndărătnicie.

—Da, aşa este. Mai bine de trei ani, de fapt, aprobă ea şi îşi bău restul cafelei. Şi ce dacă? întrebă ea ridicând din umeri.

—Mă gândeam că poate mi-ai putea spune ce fel de om a fost, îi replică Alex pe un ton aspru.

Ana-Maria se gândi câteva clipe la întrebarea lui, fără a-şi feri ochii de cei ai poliţistului.

## BARBATUL DIN LIFT

—Dan a fost... o enigmă, dacă vrei. Un om muncitor, dar uneori superficial, căruia îi păsa de cei din jur, dar pur şi simplu complet indiferent la nevoile altuia dacă aşa îi convenea... Şi da, un tip căruia îi plăceau femeile. Cu cât mai multe, cu atât mai bine. Imaginează-ţi un fluture care zboară de la o floare la alta, fără să se oprească nicăieri pentru mai multă vreme, zâmbi ea cu tristeţe.

—Ai fost şi tu una dintre acele... flori? se interesă poliţistul cu curiozitate, iar un surâs cinic îi flutură pe buze.

Bărbatul era mulţumit că ajunsese şi el la zar şi îi putea plăti femeii pentru toate gândurile nemăgulitoare pe care aceasta le avusese în legătură cu el.

Ochii Anei-Maria se rotunjiră şi, preţ de câteva clipe, femeia nu putu decât să îl privească uluită. După aceea, aceasta izbucni într-un râs vesel şi îşi scutură capul.

—Ai ratat ţinta, inspectore, îi replică ea printre hohote de râs.

—Nu ştiu ce vrei să spui, i-o întoarse bărbatul mânios, dar o uşoară roşeaţă i se răspândise pe pomeţi.

—Ştii foarte bine ce vreau să spun, îi replică Ana-Maria şi îşi scutură capul încă o dată. În primul rând, ar trebui să ştii că, până mai acum câteva luni, am fost implicată într-o relaţie stabilă, iar asta timp de câţiva ani. În al doilea rând, Dan avea câteva cerinţe specifice când venea vorba de femeile lui, vezi tu, îşi flutură ea mâna. Prefera femeile cu bustul bine dezvoltat şi cu buze foarte pline, îl informă ea.

Când văzu că bărbatul îşi aruncă privirea spre bustul ei care nu era tocmai mic, surâse.

—Da, chestia asta o am, dar am lipsă la inventar în celălalt departament, spuse Ana-Maria pe un ton sec.

Într-o clipă, ochii bărbatului săriră iuți înapoi la fața ei.

—Nu am vrut să...

—Da, da, știu, dădu ea din mână cu dispreț, deși nu o deranja defel că ochii lui cam hoinăreau.

—În fine, încercă bărbatul să aducă discuția înapoi pe linia de plutire, a existat vreo altă femeie din departamentul unde lucrezi care a ieșit cu Dan?

—În afară de Liza, vrei să spui, presupuse Ana-Maria, iar polițistul o aprobă cu o mișcare a capului. Mda, probabil vreo trei sau patru, ridică ea din umeri.

—Carmen? se interesă Alex.

—Prea timidă pentru gustul lui,.. și în afară de aceasta, și buzele ei sunt subțiri, îi explică femeia.

—Atunci cine altcineva? întrebă el printre dinți.

—Cred că Isabella, dar aceasta a fost cam acum doi ani, replică femeia gânditoare. Recent... nu știu... A fost Adriana, dar ea a părăsit departamentul acum câteva luni... Ah, da, Alina. Și ea a avut un interludiu scurt cu el, îi sclipiră ei ochii de plăcere când își aminti de acea relație scurtă.

—Ceva amuzant în legătură cu acea relație? o întrebă Alex percepând amuzamentul ascuns al femeii.

—Într-un fel, admise Ana-Maria. Din ceea ce am auzit, Alina a fost prima femeie din viața lui care l-a trimis la plimbare. De obicei, lucrurile stăteau invers, sublinie ea.

—Înțeleg, replică Alex gânditor. Au existat resentimente serioase în legătură cu abordarea lui uzuală?

—Nu în departamentul nostru. Liza a făcut o scenă colosală, iar Dan și-a luat concediu pentru două săptămâni ca să-i dea timp să se răcorească, dar altfel nu. Oricum, de obicei, femeile știau de la început cam cum stăteau lucrurile. Una din calităţile lui Dan, care de altfel îi mai răscumpăra din păcate, era că mereu îşi prezenta de la început lipsa intenţiei de a se implica într-o legătură serioasă şi permanentă. Le avertiza pe femei că nu se puteau aştepta la mai mult de vreo două săptămâni sau cel mult o lună în compania sa.

—Interesant, căzu de acord şi Alex. Au existat duşmani de care să ştii şi tu?

Ana-Maria îşi scutură capul, dar apoi se gândi mai bine după aceea.

—Acum ceva vreme a fost o femeie care l-a cam hărţuit vreo câteva seri în şir şi i-a aruncat tot felul de insulte. Ştiu că a spus că îl va ucide, dar sunt sigură că vorbea aşa aiurea, din cauza inimii frânte.

—Nu aş putea spera ca tu să o cunoşti şi să-mi poţi indica numele ei, îşi apleacă bărbatul capul pe o parte interogativ.

—Evaluarea ta este corectă, replică Ana-Maria pe un ton sec. Nu m-a interesat suficient de mult ca să pun întrebări. Dar este posibil ca Liza să te lumineze în privinţa aceasta, sugeră ea.

—De ce crezi că ea ştie? o întrebă detectivul cu curiozitate în voce.

—Pentru că ea era femeia care i l-a furat pe Dan. Cel puţin aşa a afirmat Liza. Nu o văd eu pe Liza să se dea deoparte cu supunere fără să pună niciun fel de întrebări. Dan s-a înşelat în privinţa ei. Lizei îi place să se agaţe ca un scaiete, se strâmbă ea.

—În afară de femeia aceea al cărui nume nu-l cunoşti, ai putea numi vreunul dintre inamicii lui Dan? întrebă Alex, privind femeia pieziş.

Nu îşi putea da seama dacă ultima propoziţie a Anei-Maria reprezentase o avertizare pentru el sau o evaluare la rece a caracterului prietenei ei.

—Dan era un pic dus cu pluta, recunosc. Dar oamenii fie îl plăceau, fie stăteau cât mai departe de el. Nu îmi amintesc de niciun fel de discuții sau certuri. Desigur, dacă nu punem la socoteală ciondăneala pe care a avut-o cu Cristian, unul dintre colegii noștri, se corectă ea.

—În legătură cu ce s-au certat? o întrebă polițistul.

Ana-Maria izbucni în râs din nou și își scutură capul.

—Acum ce mai este amuzant? se încruntă Alex.

Femeia își flutură mâna distrată și încercă să-și regăsească stăpânirea de sine în același timp. Își șterse ochii cu vârfurile degetelor și își scutură capul, iar un zâmbet straniu i se culcuși la colțurile gurii.

—Îmi cer scuze. Nu aveai de unde să știi, desigur, replică ea până la urmă, fluturându-și degetele. Este absurd să întrebi despre motivul disputei dintre ei. Vezi tu, ar putea fi orice, de la faptul că Dan a trecut pe lângă biroul lui Cristian și până la una dintre glumele șocante ale lui Dan. Niciodată nu poți să știi cu Cristian. Pot să îți spun că s-a certat cu toată lumea de pe platou. Am auzit unele zvonuri cum că ar fi reușit să alieneze și câțiva oameni de pe la alte etaje... Cristian este... Hai să o spunem pe cea dreaptă. Omul este special, își încheie Ana-Maria expunerea.

—Mda, trebuie să fie ca să poată aliena atât de mulți oameni, murmură polițistul.

Alex își frecă fruntea cu vârfurile degetelor. Avea sentimentul că întreaga discuție era, de fapt, o pierdere de vreme.

Bărbatul tocmai se gândea să își ceară scuze politicos când se auzi un ciocănit în ușă.

# CAPITOLUL ȘASE

ATÂT ANA-MARIA, CÂT și Alex se întoarseră spre ușă în același timp. Sprâncenele femeii se pierdură pe sub breton și își întoarse capul înspre polițist.

—Intră, spuse Alex, iar ușa se deschise timid.

Un tânăr, care probabil nu avea mai mult de douăzeci și cinci de ani, apăru în pragul ușii și se opri acolo. Se părea că nu îndrăznea să pătrundă în încăpere.

*Da, are peste 1.80 și este la fel de subțire ca și sârma, după cum am și presupus,* observă Ana-Maria cu satisfacție. Întotdeauna îi plăcea să demonstreze că avea dreptate.

Pentru doar o secundă, femeia avu senzația că bărbatul se îmbrăcase complet în negru, dar observă o pată de alb la deschizătura de la gât a hainei lui. Un ciuf negru precum cerneala îi cădea peste sprânceana stângă, iar ochii săi de un albastru-deschis luceau din cauza ezitării.

*Hmm, nu arată prea rău,* recunoscu Ana-Maria.

Dar mai apoi își întoarse privirea spre Pop și îl evaluă și pe acesta din nou. Ochii bărbatului străluceau în nuanța chihlimbarului lichid.

*Cred că prefer ochii lui de culoarea coniacului și părul ruginiu rebel. Este păcat însă că acest tren a părăsit deja gara,* reflectă ea, nu fără oarecare tristețe.

—Comisarul-șef m-a trimis să vă asist cu investigația, domnule, spuse tânărul, iar vârfurile urechilor lui deveniră stacojii sub privirea aspră a lui Pop.

*Minte,* trase Pop concluzia. *Comisarul-șef l-a trimis să mă țină sub ochi. Probabil că Burada l-a și sunat pentru a-l anunța că am început investigația singur.*

—Foarte bine, intră. Acesta este Valentin Băncilă, menționă Alex pentru Ana-Maria, fără a se și obosi să-și întoarcă ochii spre ea. Este un coleg inspector, specifică el, în timp ce Băncilă își înclină capul spre femeie.

Inspectorul nu își dădea seama, dar ochii i se îngustaseră în timp ce îl privea fix pe mai tânărul său coleg. În același timp, degetele i se strânseseră amarnic în pumn.

Ana-Maria se întrebă ce se petrecea între cei doi pentru că era clar că Alex Pop avea ceva de împărțit cu celălalt bărbat. Cu toate acestea, femeia îi zâmbi dulce inspectorului mai tânăr, chiar dacă omul nu îi stârnea niciun fel de interes.

Tânăra se miră și că ambii bărbați aveau aceiași rang de inspector de poliție, deși Pop era cam cu zece ani mai în vârstă decât noul venit. Pop privi spre ea și îi înțelese nedumerirea. În fond, diferența de vârstă dintre cei polițiști vorbea de la sine.

De fapt, ambii studiaseră dreptul înainte de a deveni polițiști, dar Valentin Băncilă se alăturase forțelor de ordine imediat după ce absolvise facultatea.

Acel fapt îi întristase nespus membrii familiei, și aceștia încă nu îl iertaseră pe tânăr. Toți membrii familiei Băncilă visaseră să aibă propriul lor Take Ionescu în mijlocul clanului.

De aceea consideraseră că abdicarea lui Valentin de la datoria sa, aşa cum fusese ea decretată de dorinţele lor, reprezenta o trădare oribilă din partea lui.

Alex Pop urmase un drum foarte diferit. Mai întâi, bărbatul intrase în armată, iar ca urmare, avusese ocazia să fie martor din linia întâi la război în timp ce îşi făcea datoria în Afghanistan, învăţând atât gustul, cât şi mirosul metalic şi acru al conflagraţiei.

Când şi-a încheiat serviciul militar, Pop s-a alăturat Corpului de Pace. Pe vremea aceea, omul încă visa la construirea unei lumi mai bune.

Trei ani mai târziu, Alex Pop nu rămăsese decât cu gustul amar al futilităţii. Eforturile lui nu avuseseră niciun rezultat pozitiv. De-a lungul stagiului său, nu făcuse altceva decât să aplice un bandaj ici-colea.

Deziluzionat, Pop s-a întors în ţară şi a făcut o evaluare la rece a arenei legale. După o trecere în revistă atentă a ceea ce însemna viaţa unui avocat aparţinând Bucureştiului din secolul douăzeci şi unu, omul s-a cutremurat de oroare şi a decis că ar fi preferat să urmeze o carieră în poliţie.

Alex Pop a început să lucreze cu comisarul-şef Baranga numai cu câteva luni înaintea de venirea lui Băncilă, dar mai tânărul său coleg începuse să-l numească *domnule* şi aşa rămăsese.

Alex nu avea nimic împotriva tânărului, dar îi displăcea să fie pus sub supervizare precum un adolescent poznaş, iar asta numai din cauză că îşi urmase instinctul într-un caz anterior. În fond, rezolvase acel caz. Nu era ca şi cum ar fi dat chix.

Ana-Maria urmări jocul de emoţii de pe chipurile ambilor bărbaţi, iar una dintre sprâncenele ei se ridică întrebător. I-ar fi plăcut să afle ce se găsea în spatele acelui comportament straniu.

Alex îi observă curiozitatea şi îşi controlă trăsăturile pentru ca femeia să nu mai poată citi prea multe pe faţa lui. Apoi i se adresă lui Băncilă :

—Mai este o martoră. Poate că tu vei avea mai mult noroc cu ea. Este la un alt etaj însă. Cum o cheamă? se întoarse bărbatul spre Ana-Maria.

—Liza Lazăr, replică tânăra pe un ton dulce, scuturându-şi capul imperceptibil.

*Individul acesta are o oarecare doză de răutate în sânge. Îl trimite pe bietul mieluţ la ghilotină,* reflectă ea.

Alex îi ghici gândurile şi colţurile gurii sale se arcuiră în sus. Apoi se adresă din nou colegului său:

—Ştiu că femeia respectivă este dificilă şi poate umple un râu cu lacrimile ei, dar cine ştie, poate ai mai mult succes cu ea, îşi repetă el afirmaţia anterioară.

—Presupun că va trebui să le cer agenţilor de securitate să mă lase să merg la etajul acela, dădu Valentin din cap, deşi inima i se strânsese când auzise amănuntul că femeia plângea.

Avea o soră care nu avea decât şaisprezece ani la vremea aceea. Şi totuşi, omul ştia cât de decisă putea fi o tânără dacă îşi dorea să plângă ca o bocitoare profesionistă.

—Presupui bine, se arătă Pop de acord cu el. Nu mă aştept să întâmpini niciun fel de rezistenţă din partea lor. Ana-Maria te va însoţi şi ea sus. Am terminat aici, spuse el întorcându-se spre tânăra femeie a cărei expresie se schimbă.

O umbră trecu peste chipul femeii şi aceasta îşi muşcă buza de jos. Ana-Maria simţi impulsul de a-i da lui Alex o replică usturătoare.

*Tu, ticălosule!* reflectă ea. *Să mă concediezi de parcă nu aş mai prezenta niciun fel de interes,* îi fulgerară ochii.

Alex se mulţumi să-i zâmbească dulce.

*M-ai făcut tu să alerg în cercuri, dulceaţă, dar tot eu am fost cel ce a râs până la urmă,* se gândi el.

—Când ieşi, trimite-l aici pe agentul de pază care se numeşte Georgescu, spuse el întorcându-se spre colegul său. A venit vremea să le pun anumite întrebări şi acelor agenţi de securitate, adăugă el pe un ton aspru.

# CAPITOLUL ȘAPTE

GEORGESCU SE OPRI ÎN fața ușii deschise și ciocăni în tocul de la ușă când observă că inspectorul era dus pe gânduri. Alex își ridică privirea și, cu un zâmbet palid, îl invită pe om să intre și să închidă ușa în spatele lui. După aceea, își flutură mâna, arătându-i scaunul din fața lui.

Bătrânul păru să ezite mai întâi, dar apoi împinse ușa și o închise. Se îndreptă spre masă, mersul său denotând orice, dar nu grabă.

Alex îi înțelegea perfect ezitarea pentru că marea parte a oamenilor cărora le punea întrebări se comportau cam la fel când trebuia să vorbească cu cineva din cadrul poliției.

Agentul de securitate luă loc, ochii săi analizându-l cu grijă pe tânărul bărbat din fața sa. Nu păru să găsească pe chipul acestuia ceea ce căuta și își feri privirea, aplecându-se în față și sprijinindu-și brațele de tăblia mesei.

—Cât timp ai lucrat aici? își începu Alex întrebările.

Omul își arcui o sprânceană întrebător. Nu înțelegea scopul acelui tip de întrebare, dar cu toate acestea răspunse:

—Cam de cinci ani, cred, ridică el din umeri.

—Şi înainte de aceasta? îl întrebă Alex.

—Ici, colea, îi replică Georgescu. Clădirile îşi schimbă stăpânii mai des decât aţi crede, îşi explică el cariera nomadă în faţa poliţistului.

—Am înţeles, răspunse Alex gânditor. Este o slujbă bună? Aici, vreau să spun, specifică el.

—Mă ajută să pun pâine pe masă, ridică omul din umeri din nou. Nu mă pot plânge, totuşi, adăugă el.

—Ai văzut ceva pe monitoare atunci când a avut loc crima? atacă Alex în forţă, iar ofensiva sa frontală îl lăsă pe interlocutorul său fără cuvinte.

Bătrânul îl privi pe inspector pieziş timp de câteva momente şi se fâţâi în scaun.

—Este vreo problemă care te împiedică să îmi răspunzi la întrebare? se interesă poliţistul pe un ton aspru.

Agentul de securitate îşi scutură capul şi mai apoi îşi trecu degetele tremurătoare prin păr. Aceea era una dintre întrebările pe care sperase să nu le audă.

După aceea, începu să vorbească cu o scurtă ezitare:

—Nu pot spune că am văzut ceva. Nu eram de fapt în faţa monitoarelor când a avut loc crima. Omul trebuie că a fost ucis chiar înainte ca femeile să îi fi găsit cadavrul pentru că lifturile acelea sunt folosite mai tot timpul la ora aceea... Ştiţi, problema este că am ieşit afară să fumez o ţigară... cam cu cincisprezece minute înainte de crimă, probabil. Abia ce revenisem în clădire când au început urletele. Nu am avut timp decât să sar peste turnichet şi să mă zoresc spre femei, explică Georgescu pe larg cu o economie de gesturi.

—Înţeleg, spuse Alex cu o urmă de dezamăgire în voce. Cine se ocupa de staţie în acel timp?

—L-am lăsat pe Geo să aibă grijă, replică vârstnicul.

—Acel Geo care se uită la filme în loc să supravegheze camerele? întrebă inspectorul pe un ton sarcastic.

Agentul de securitate se înroşi uşor, dar după aceea aprobă cuvintele lui cu o mişcare a capului. Nu putea să îl contrazică. În fond, era adevărat ce spunea.

*I-am tot spus căţelandrului să dea atenţie la monitoare, să-l ia naiba,* înjură el muteşte. *Desigur, ei sunt mai tineri şi mai deştepţi decât mine. Acum, uite ce s-a întâmplat,* îşi scutură el capul. *Uite în ce încurcătură am ajuns,* oftă el în sinea sa.

Alex urmări jocul emoţiilor de pe chipul bărbatului şi ghici cu acurateţe ce gânduri îi treceau prin minte.

—Probabil că ar trebui să vorbesc cu acest Geo. Poate că a văzut ceva, chiar dacă se uita la film, spuse Alex.

Bătrânul îşi muşcă buza inferioară şi spuse:

—Nu ar fi văzut absolut nimic. Imaginile de la camerele de pe etajul unu, doi, trei şi patru sunt pe ecranul unde şi-a pus filmul, recunoscu omul.

Când enormitatea semnificaţiei acelui lucru îl lovi, Georgescu deveni palid.

—Acum ce se va întâmpla? întrebă el pe o voce mică.

—Ce vrei să spui? întrebă Alex uşor confuz.

—Ce se întâmplă acum că el nu s-a uitat la ce trebuia să se uite? întrebă omul pe o voce răguşită. Abia vorbea pentru că îşi simţea gâtul strâns.

—Eh, asta depinde de superiorii voştri. Desigur, ar putea exista o înregistrare..., avansă Alex ideea, dar bătrânul îşi scutură capul.

—Nu există niciun fel de înregistrare. Am verificat, recunoscu el. Ştiam că o să o cereţi. Şi totuşi ar fi trebuit să existe. Nu am putut să verific camera video pentru că nu am avut când, dar se pare că ceva nu a funcţionat, îi explică Georgescu pe un ton care îi exprima mâhnirea.

—Interesant, aş spune, murmură Alex, iar agentul de securitate îl aprobă cu o mişcare a capului.

—Este, într-adevăr, fu de acord omul. Nicio cameră nu a dat rateuri până acum, iar coincidenţa aceasta mă râcâie pe inimă, sublinie el.

—Aş vrea să nu te atingi de cameră pe moment. Este necesar ca unul dintre tehnicienii noştri să îi arunce o privire mai întâi. Te deranjează lucrul acesta? întrebă Alex.

*De parcă aş avea vreun cuvânt de spus în problema aceasta,* îşi spuse bătrânul cu dispreţ. *Deja sântem în rahat până în gât. S-ar putea chiar şi să-mi pierd slujba din cauza acestui fiasco,* se gândi el cu amărăciune.

—Nu, nu este nicio problemă. Puteţi să vă ocupaţi voi de ea, spuse Georgescu după aceea.

Alex îşi lăsă capul în jos, de parcă i-ar fi mulţumit bătrânului, şi îşi scoase telefonul din buzunar. Dădu telefon la direcţia generală a poliţiei şi ceru să i se trimită un expert în dispozitive de supraveghere.

—Spune-i să îl caute pe domnul Georgescu la biroul de la recepţie. El este agentul de securitate de aici şi îi va arăta tehnicianului unde să se uite, spuse el după ce explică situaţia. Bun, voi fi tot aici, desigur. Domnul Georgescu îi va spune unde. Mulţumesc, îşi încheie inspectorul discuţia telefonică şi apoi puse capăt conversaţiei.

# BARBATUL DIN LIFT

După aceea, își întoarse privirile spre agentul de securitate și spuse:

—Cineva de la sediu va ajunge aici probabil în jumătate de oră. Sper că vei mai fi aici pentru a-l ajuta cu localizarea camerei și toate cele, îl privi el pe bătrân cu înțeles.

Georgescu aprobă înclinând din cap fără vorbe.

*De parcă ți-ar păsa ție de părerea mea,* reflectă el. *Nu e ca și cum aș putea să-ți spun că schimbul meu s-a terminat de acum cinci minute. Oricum și așa am destule probleme pe cap deja,* se gândi el și se ridică în picioare, scuturând din nou din cap.

Ziua aceea nu mergea deloc bine.

—Presupun că ați terminat cu mine pe moment, îi spuse Georgescu inspectorului.

—Nu, nu încă, îi zâmbi Alex rece, iar agentul de securitate căzu din nou pe scaun. Inspectorul își reținu cu greutate un surâs când observă dezamăgirea de pe chipul omului.

—Ce altceva ar mai putea fi? întrebă omul cu oarece supărare în voce.

—Trebuie să aflu ce măsuri de securitate au fost luate pentru cei ce doresc să ajungă la birourile de la etaj. De asemenea, vreau să mai știu dacă mai este altă cale de a părăsi clădirea.

—Ei bine, se poate ajunge în zona securizată numai dacă cineva are ecusoane magnetizate. Le sunt necesare la turnichete. Acum se poate părăsi clădirea folosind liftul de la mezanin. Poți coborî din lift la mezanin și să părăsești clădirea prin ieșirea din spate. Tot la fel de bine se poate lua orice lift până la parcarea subterană. Sunt două niveluri de parcare subterană, îi explică bărbatul cu o încruntare pe chip.

—Sunt camere video şi la acele niveluri? se aplecă Alex în faţă, înlănţuindu-şi degetele pe tăblia mesei.

—Da, sunt, aprobă agentul de securitate aplecându-şi capul.

—Monitorizate? se interesă cu o ironie uşoară inspectorul. Omul dădu din cap din nou.

—Da. Imaginile de la acele camerele video sunt pe celălalt ecran, nu pe cel cu filmul, îl informă el pe inspector.

—Atunci ar trebui să discut cu Geo şi să-l întreb despre astea, trase Alex concluzia.

—Puteţi încerca desigur, mormăi Georgescu, dar în ciuda acelui fapt, inspectorul tot îl auzi şi un surâs îi arcui colţurile gurii.

Alex se îndoia că Geo dăduse vreo atenţie celuilalt monitor, dar tot trebuia să îl chestioneze.

—Poţi să-i ceri să vină încoace, te rog? îl rugă el pe agentul de securitate.

—Mă duc să-l chem, spuse omul pe un ton normal, iar apoi se grăbi spre uşă, dornic să părăsească încăperea cât mai rapid, pentru ca inspectorul să nu-i mai poată pune niciun fel de întrebări.

Alex îşi scutură capul, iar ochii lui urmărirăretragerea bărbatului. Chipul inspectorului îi trăda uimirea. Nu îi venea să creadă că întreaga echipă de securitate era atât de incompetentă.

După aceea, se lăsă pe spate în scaunul său.

*Cel puţin au scaune confortabile pe aici,* mustăci el. *Sunt mai bune decât cele din biroul meu,* recunoscu el, nu fără invidie de altfel.

După ce aşteptă câteva minute, se încruntă.

# BARBATUL DIN LIFT

*Unde naiba este acel Geo?*

# CAPITOLUL OPT

CUM TRECEA TIMPUL ŞI nimeni nu venea în încăpere, Alex se ridică şi începu să patruleze prin birou. I se părea destul de dubios că Geo nu se arătase încă. Erau în jur de zece, hai să zicem, cincisprezece paşi, de la biroul de recepţie până în încăperea unde aştepta poliţistul.

Bărbatul mai aşteptă încă cinci minute, dar îşi pierduse deja răbdarea. O porni cu paşi apăsaţi spre uşă şi dădu peste Georgescu, care era pe punctul de a intra în birou.

—Îmi cer scuze, bătrâne, spuse Alex reflex. Nu te văzusem aici. Unde naiba este acel Geo? Îl aştept să apară de o veşnicie, spuse el cu reproş evident în voce.

—Nu ştiu, domnule, replică bătrânul pe un ton patetic. Nu l-am găsit, deşi l-am căutat peste tot. Şi-a terminat schimbul, aceasta este adevărat. Dar tot nu ar fi trebuit să plece astfel, spuse el. De obicei, trebuie să vină la mine să vadă dacă este totul în regulă şi poate pleca. Şi în special astăzi..., îşi scutură agentul de securitate capul de parcă nu i-ar fi venit să creadă ce se întâmpla.

Abia acum, Alex observă cu îngrijorare tenta cenuşie a chipului omului. Buzele bătrânului deveniseră o linie subţire, iar el dădea semne că avea dificultăţi de respiraţie.

—Ascultă, te simţi bine? întrebă poliţistul, temându-se că bătrânul se va prăbuşi, deoarece acesta nu părea nici prea stăpân pe picioarele sale.

—Nu prea ştiu, domnule, murmură omul, iar în secunda următoare se prăbuşi la picioarele poliţistului, pierzându-şi coştienţa.

Inspectorul încercă să îl prindă pe agent, dar căderea omului îl surprinsese şi nu reuşi să fie suficient de rapid. Georgescu căzuse la podea ca un trunchi de copac retezat şi se auzi o bubuitură zdravănă când trupul lui luă contact cu solul.

Cum nu îi venea să creadă că se putea întâmpla aşa ceva, Alex se uită fix, preţ de câteva secunde, la bărbatul făcut cârpă la picioarele sale, iar abia după aceea îşi reveni din uluială şi se ghemui lângă el. Îi verifică pulsul şi răsuflă cu uşurare când îl găsi. Pulsul omului era foarte slab, dar încă se mai simţea.

Detectivul îl plesni pe agent peste faţă de câteva ori, dar nu obţinu niciun fel de răspuns drept răsplată pentru eforturile sale. Acel lucru îl determină să îşi scoată telefonul mobil din buzunar pentru a chema o ambulanţă.

Pop nu fu nevoit să aştepte prea mult. Cineva îi răspunse la apel aproape imediat. Poliţistul insistă asupra gradului de urgenţă şi ceru ca o maşină să fie trimisă la faţa locului în cea mai mare grabă.

După ce termină apelul, Alex îi mai verifică pulsul lui Georgescu încă o dată, temându-se că bătrânul ar fi putut muri deja. Respiră adânc, cu mulțumire, când pulsul destul de statornic, chiar dacă abia perceptibil, se făcu simțit sub vârfurile degetelor sale.

După o secundă de gândire, Alex hotărî că ar fi fost mai bine să îl ajute pe bătrân să ajungă într-o poziție mai confortabilă, așa că îi întinse picioarele.

Mai apoi, inspectorul își masă tâmplele care îi pulsau, dar ochii săi nu se dezlipiră defel de pe chipul omului de pe podea. Mai reflectă câteva secunde, iar apoi îl sună pe comisarul-șef Baranga.

—Bună ziua, domnule, polițistul îl salută pe superiorul său. Nu, mi-e teamă că lucrurile nu merg așa de bine, replică el la ceva ce îl întrebase Baranga. Deja am un martor care s-a făcut nevăzut și un altul care a avut un colaps în fața ochilor mei. Inspectorul Băncilă interoghează un martor la un etaj de mai sus, iar eu sunt prins aici cu un bărbat care este posibil să fi avut un atac de cord după cum mi se pare. Ați putea, vă rog, să îmi trimiteți aici pe unul dintre subinspectori, cel puțin, domnule?

Aparent comisarul-șef începuse să spună ceva pentru că Alex se opri și îl ascultă cu atenție. După câteva clipe, umbra unui surâs i se urcă pe buze.

—Da, domnule, așa este. Niciodată nu am cerut întăriri. Ei bine, presupun că există un început pentru orice, ridică el din umeri cu indiferență.

Într-adevăr, Alex nu era niciodată prea dornic să ceară ajutor. Cu toate acestea, era destul de inteligent să nu pună în pericol o anchetă numai din cauza unei mândrii prost plasate, iar acela era momentul să o dovedească. Nu era ca și cum ar fi fost în situația să ceară informații despre o stradă pe care o căuta.

# CAPITOLUL NOUĂ

PÂNĂ CÂND I SE ALĂTURĂ subinspectorul Popa, Alex deja îşi depăşise hotarele propriei sale răbdări, cu toate că, de regulă, era un om destul de răbdător.

Ambulanţa deja venise şi paramedicii îl ridicaseră pe Georgescu din incinta clădirii. Spre mâhnirea lui Pop, aceştia îl informaseră că într-adevăr bătrânul avusese un atac de cord. Cu toate acestea, paramedicii preconizau că agentul de securitate avea toate şansele să-şi revină pe deplin.

Acea veste bună îi ridică o piatră de pe inimă poliţistului. Nu i-ar fi placut inspectorului defel să aibă pe conştiinţă răspunderea pentru decesul bătrânului, nici măcar tangenţial.

În fond, singura greşeală a agentului nu fusese decât că nu îşi controlase oamenii mai îndeaproape şi dăduse dovadă de prea multă indulgenţă. Era adevărat că atitudinea bătrânului putea foarte bine fi tradusă şi prin neglijenţă.

Ochii lui Pop se întoarseră spre subinspectorul cu pielea mai tuciurie, care tocmai intrase în încăpere. Un zâmbet apăru pe chipul lui Alex Pop pentru că, la fel ca mai întotdeauna, înfăţişarea subinspectorului era puţin ieşită din comun.

Popa nu ajungea decât până la umărul inspectorului, iar silueta sa subțire deseori se pierdea în întunericul coridoarelor. Cu coloritul său, oamenii abia de îi remarcau prezența dacă spațiul în care se afla nu era suficient de bine luminat.

Cu toate acestea, în ciuda staturii sale mai mici, omul obținuse destul de multe recomandări profesionale, iar lui Pop îi plăcea întotdeauna să lucreze cu el. Caracterul mucalit al subinspectorului colora până și cea mai întunecată investigație.

—Tocmai ce am ajuns aici, domnule, îl salută el pe Pop. Am vorbit cu o cucoană la biroul de recepție și ea mi-a spus că vă găsesc aici, indică bărbatul cu degetul mare întors spre coridor.

—Asta este bine, aprobă Pop. Eu, unul, nu am văzut vreo femeie pe acolo mai înainte, dar probabil că au trebuit să găsească pe careva să facă de pază dacă ținem seama că lipsesc din agenții de securitate.

—Care sunt ordinele, domnule? întrebă Popa, arcuindu-și sprâncenele cu curiozitate.

Bărbatul întotdeauna îl apreciase pe Pop. Inspectorul nu îi cerea niciodată să se ocupe de lucruri plictisitoare și nu era genul care să țină morțiș ca totul să se petreacă după cum considera el de cuviință.

—Am nevoie să localizezi un agent de securitate care lipsește. Știu doar că prenumele lui este Geo și cred că numele de familie este Popescu, dar presupun că femeia de la biroul de recepție îți va putea oferi mai multe informații despre individ, sugeră Pop, fluturându-și degetele în direcția generală a ușii.

—Și după ce l-am găsit? se interesă Popa, ridicând una dintre sprâncene interogativ. Omul prefera să i se explice ordinele cât mai clar posibil.

—Du-l la sediu, iar apoi sună-mă, ordonă inspectorul. Desigur, poate reuşeşti ca în cursul acţiunii să şi determini cam care îi sunt relaţiile şi cam ce învârte individul. Atunci, te rog, să faci cum crezi. Ştiu bine că eşti în stare să dezgropi orice fel de secret, spuse Alex pe un ton plin de încredere.

—Puteţi să consideraţi că am şi făcut-o, domnule. Îl voi găsi eu. Nu există vreun loc unde să se poată ascunde de mine, îi replică subinspectorul plin de încredere în sine, lovindu-şi nasul mare cu un deget.

Pop rânji. Îi ajunsese la urechi cleveteala oamenilor, chiar dacă nu dădea niciun semn că ar fi fost interesat în colportarea de bârfe de la birou. Inspectorul aflase că toată lumea considera că Popa era capabil să prindă urma unei persoane mai bine decât orice câine de vânătoare.

—Impresionează-mă, murmură Pop.

Şi cu toate acestea, urechile subinspectorului nu îl făcură de ruşine pe acesta şi reuşiră să surprindă cuvintele lui Pop. Popa îi răspunse cu un zâmbet larg pe chipul unghiular:

—Nu o fac întotdeauna, domnule?

Ochii negri ai lui Popa, adumbriţi de pleoapele coborâte, se luminară cu voioşie pentru câteva clipe. După aceea, omul făcu stânga împrejur şi părăsi încăperea fără un alt cuvânt pentru Pop, aşa după cum îi era obiceiul atunci când îşi primea ordinele.

Pop rămase singur şi îşi aruncă privirea în jur preţ de câteva secunde.

—Cred că am terminat cu tot ce era de făcut pe aici, spuse el cu voce tare, iar apoi se îndreptă cu paşi hotărâţi spre uşă.

*Hai să găsesc pe careva să-mi arate unde este Băncilă,* reflectă el. *Bietul băiat trebuie să se fi săturat deja de toate hohotele acelea de plâns,* mustăci Alex Pop.

Își amintea foarte bine de ce era capabilă Liza și cât de mult îi plăcea acesteia să plângă.

Când ajunse la biroul de recepție, Pop observă că Popa era încă acolo. Acesta o vrăjea pe femeia de la birou, insinuându-se în inima ei, flatând-o și flirtând fără milă cu ea.

Pop aștepta deoparte cu răbdare până ce Popa reuși să smulgă toate informațiile posibile de la femeia așezată în spatele biroului. Aceasta asculta cuvintele bărbatului cu părul închis la culoare cu un zâmbet larg, fluturându-și mai tot timpul genele.

În timp ce trăgea cu urechea la conversația celor doi, un zâmbet apărea din când în când pe buzele inspectorului.

*Este o pușlama, Popa ăsta,* gândi el.

Femeia era plastelină în mâinile subinspectorului.

În afară de răspunsurile la întrebările sale, Popa mai obținu și o bucățică de hârtie împăturită cu grijă. Pop nu avea nici cea mai mică îndoială că femeia, al cărei ecuson arăta că se numea Camelia, își scrisese numărul de telefon pentru subinspector. Femeia preferase să i-l dea astfel numai pentru că remarcase prezența inspectorului.

Intențiile Cameliei vizavis de Popa se vădeau destul de clare. Pop observase, de asemenea, că o încruntare îi schimonosea trăsăturile femeii ori de câte ori aceasta își lua ochii de la subinspector și îi îndrepta spre el.

*Se pare că prezența mea aici reprezintă un impediment pentru ea,* mustăci inspectorul și își scutură capul imperceptibil. *În ciuda acestui fapt, va trebui să vorbești și cu mine, păpușă,* reflectă el cu ironie.

În același timp, Alex Pop o măsura pe femeie cu ochi critici. Era deja trecută de treizeci de ani, dacă era să se ia după aspectul tenului ei. Cu toate acestea, bărbatul trebui să admită că aceasta încă arăta destul de bine și îl felicită pe Popa în gând pentru cucerirea pe care o făcuse.

După ce plecă Popa, făcându-i cu ochiul pentru ultima oară femeii care se înroși, Pop respiră ușurat. Bărbatului niciodată nu îi plăcuse să asiste la ritualurile de flirtare dintre două persoane. Trei inși erau deja prea mulți când venea vorba de așa ceva.

Într-un final, Camelia se întoarse spre el, dar, evident, zâmbetul îi dispăru de pe chip, de parcă cineva i l-ar fi șters iute cu un burete. Ochii ei reci albaștri îl evaluară pe bărbat în câteva secunde, și descoperiră că acesta prezenta destule minusuri.

—Deci cu ce vă pot ajuta, domnule? îl întrebă femeia cu indiferență.

Camelia își imagină că individul din fața ei trebuie să fi fost inspectorul de poliție de care vorbeau toți în clădire.

*De ce or vorbi, numai Dumnezeu știe. Nu e cine știe ce de capul lui. Acum celălalt, cel oacheș, acela este ceva deosebit, într-adevăr,* mustăci femeia.

Inspectorul își arcui sprânceana dreaptă interogativ. Pop avea o oarecare idee despre direcția pe care o luaseră gândurile femeii, dar se îndoia că i-ar fi surâs să i le cunoască în detaliu.

—Trebuie să mă alătur colegului meu care audiază un martor la etajul șapte, spuse bărbatul pe un ton sec, scutind-o pe femeie de orice fel de conversație.

Agenta de securitate oftă profund de parcă omul i-ar fi cerut să îi arate drumul spre vîrful Everestului. După aceea, formă un număr, în tot acel timp încruntându-se la Pop.

# CAPITOLUL ZECE

MULȚUMITĂ PEREȚILOR de sticlă ai sălii de ședințe, Pop avu posibilitatea să-i vadă pe Băncilă și pe obiectul audierii inspectorului chiar înainte de a pătrunde în încăperea în care se aflau.

Alex îl observă pe Băncilă aplecându-se spre Liza, punându-i o întrebare. Evident, femeia continua să plângă.

*Mă întreb dacă știe să mai facă și altceva,* reflectă el cu maliție.

Mai mult decât atât, bărbatul observă că hohotele ei atingeau note mai acute ori de câte ori inspectorul deschidea gura. Acel lucru îl făcu să-și dea ochii peste cap de parcă nu i-ar fi venit să creadă ce avea sub ochi.

De cealaltă parte a Lizei, Carmen îi șoptea colegei sale cuvinte liniștitoare și o bătea pe braț încurajator. În ciuda acelui fapt, linia tensionată a umerilor tinerei femei demonstra că aceasta se cam săturase de acel spectacol și era pe punctul de a lăsa totul baltă și a pleca.

*Mă îndoiesc că ar putea careva suporta așa ceva timp mai îndelungat, indiferent de cât de bune i-ar fi intențiile,* se gândi Pop.

Bărbatul oftă profund la vederea grupului, dar își făcu curaj să pășească în încăpere. Își trase umerii în spate și împinse ușa pentru a o deschide. Spre el se întoarseră trei capete, fiecare cu propria sa expresie.

Valentin părea ușurat să vadă că îi veniseră întăriri. Omul se cam gândea să înceapă să se dea cu capul de masă, iar aceasta de vreo jumătate de oră deja. Interviul nu mergea deloc bine, iar până în acel moment, el nu obținuse nici cea mai mică informație pertinentă.

Fata ce amintea de o salcie privi spre Alex oarecum uimită la început, iar apoi colțurile gurii ei se ridicară în sus cu timiditate. Destul de curând, întreaga ei față se lumină sub un surâs larg, care o schimba complet. Expresia timidă și serioasă dispăru, iar ochii îi scânteiară cu o lumină caldă, care îl surprinse pe Alex și îl făcu să o privească mai atent.

*Din păcate este prea al naibii de tânără și inocentă, omule,* reflectă el, iar imaginea celeilalte femei pe care o întâlnise în acea zi îi răsări în minte. *Mda, aceea pare să mi se potrivească mai bine,* recunoscu Alex. *Nu poate fi pusă la pământ prea ușor, presupun,* trase el concluzia.

Evaziva Liza, în ai cărei ochi întotdeauna strălucea un izvor nesecat de lacrimi, își aruncă ochii spre el pieziș. După o evaluare scurtă a bărbatului din fața ochilor săi, femeii nu îi prea venea să creadă că ar fi putut juca același joc pe care îl jucase cu colegul lui până atunci.

—Cum merge? se interesă Alex, aplecându-și capul pe o parte cu curiozitate.

*Arată ca un câine confuz,* reflectă Carmen, iar ochii i se furișară spre Valentin. *Poate că o fi mai puternic și mai înțelept tipul mai în vârstă, dar omul acesta de aici este exact așa cum ar trebui să fie un bărbat,* trase ea concluzia cu o hotărâre neobișnuită pentru o femeie de vârsta ei.

—Nu prea bine, domnule, recunoscu Valentin cu un oftat adânc. Este ca și cum aș încerca să îi scot cuvintele cu cleștii, explică el, deschizându-și brațele cu resemnare.

—Am priceput, îi răspunse Alex Pop și luă după aceea loc alături de colegul său. Care pare să fie problema aici? întrebă el cu o privire plină de înțeles spre femeia cu chipul îndoliat.

—Nu am starea de spirit necesară să vă răspund la întrebări în acest moment, iar voi ar fi trebuit să vă dați seama de asta. Ar fi trebuit să arătați mai multă considerație pentru ceea ce simt, replică femeia cu reproș evident în vocea plângăcioasă.

Liza își trase nasul și își frecă pumnii pe sub ochi.

—Tocmai am pierdut un om care mi-era foarte drag și nu mă puteți grăbi vă răspund la întrebări. Am nevoie de timp să-l plâng, bătu ea cu degetul în tăblia mesei cu hotărâre.

Acțiunile Lizei erau în opoziție clară cu tabloul pe care îl picta despre ea însăși.

—Am nevoie să mi se permită să plâng, spuse ea, uitând despre condiția sa delicată pentru câteva momente.

—Nu am nicio îndoială că ai nevoie de o perioadă de doliu, domnișoară, dădu Alex din cap plin de înțelegere. Înțeleg foarte bine nevoia de a plânge pe cineva atunci când pierzi o persoană dragă, mai ales în astfel de circumstanțe oribile, arătă el înțelegere pentru sentimentele ei.

Cu toate acestea, omul nu se putea opri să nu observe că femeia era capabilă să își exprime dorințele cu destulă tărie, în ciuda întristării sale.

—Și totuși, mi se pare straniu că nu simți și nevoia să afli cine este criminalul, continuă inspectorul pe un ton dur. În special în astfel de circumstanțe, oamenii cer să se facă dreptate, chiar dacă nu cred automat în mottoul că justiția vine înainte de toate, punctă el pe un ton plin de înțeles.

Liza se înroși violent, culoarea chipului ei făcându-le concurență ochilor înroșiți. Tânăra nu mai spuse nimic preț de câteva secunde, negăsindu-și cuvintele, dar după aceea se încruntă.

—Nu îmi place ceea ce insinuați, se răsti ea la inspector cu mânie, iar ochii îi fulgerară.

Alex se mulțumi numai să ridice din umeri. *Dacă insinuarea se potrivește...,* mustăci el, iar ochii săi nu părăsiră defel chipul femeii.

—Nu insinuez absolut nimic, își flutură bărbatul mâna neglijent. Dar cu toate acestea, nu pot să nu mă mir că eziți atât de mult să răspunzi la câteva întrebări, sublinie el. Răspunsurile tale ne-ar putea ajuta să găsim criminalul, explică el, accentuând cuvintele.

—Nu ezit, pufni Liza. Haideți, întrebați, își flutură ea degetele cu anxietate spre inspector.

—Aveai o relație cu decedatul? întrebă Alex, împreunându-și mâinile pe tăblia mesei. O privi pe Liza drept în ochi, dar tot reuși să observe surâsul ironic ascuns în colțurile gurii lui Carmen.

—Eu... Noi eram într-o relație, se bâlbâi Liza, iar degetele îi tresăriră pe masă.

—Acum, în momentul în care a fost ucis? sprânceana stângă a lui Alex se arcui în sus, ceea ce dovedea că bărbatul nu prea credea în declarația femeii. Ana-Maria nu ar fi avut niciun motiv să îl mintă, în fond.

Liza se înroși din nou și se fâțâi în scaun. Își feri ochii pentru câteva secunde, dar mai apoi, îndrăzni să își întoarcă privirea spre el.

—Nu, nu acum. Relația noastră s-a încheiat aproape acum două luni, recunoscu ea.

—A existat vreun motiv special pentru despărțirea voastră? întrebă omul cu blândețe. Nu avea nicio dorință să rănească pe careva doar de dragul de a se amuza.

Liza ridică din umeri, iar ochii i se fixară pe propriile mâini. Cu colțul ochiului, Alex observă tresărirea buzelor lui Carmen.

*Știe ceva,* se gândi el.

—Deci cum au stat lucrurile între tine și Dan? Acela era numele lui, dacă îmi amintesc corect, spuse Alex. Vreau să spun cum au stat lucrurile între voi după ce v-ați despărțit, se gândi el să specifice.

O altă ridicare din umeri enervantă îi fură privirea.

*Este clar că acestei Liza îi place să mascheze totul sub acele ridicări din umeri și hohotele ei de plâns infernale,* trase el concluzia. *Este un adevărat maestru când vine vorba de a para anumite întrebări.*

—Nu s-au schimbat prea mult, spuse femeia, iar ochii lui Carmen se lărgiră.

*Mai mult ca sigur, trebuie să vorbim cu această fată,* decise Alex. *Pare să fie o adevărată sursă de informație.*

—Ai vreo idee despre ce a făcut Dan în timpul ultimelor zile și dacă a supărat pe careva într-atât de mult încât acea persoană să simtă nevoia să îi ia viața? o întrebă el.

După cum se așteptase Alex Pop, femeia mai ridică o dată din umeri. Bărbatul oftă în sinea sa, deja sătul de comportamentul teatral al femeii.

—Știu că a mers în cluburi și că i-a fost interzis accesul într-un alt club recent, replică Liza pe un ton indiferent. De asemenea, am auzit că s-a despărțit și de ultima sa prietenă acum vreo două săptămâni și că arăta interes pentru o altă fată... Nu cred că a făcut altceva, își încheie ea discursul, trecându-și degetele neliniștite prin flacăra părului ei.

—Înțeleg, dădu Alex din cap. Cred că ar trebui să îți iei ziua liberă și să mergi acasă, domnișoară. Te va ajuta cu... jelitul și starea ta mentală. Cu toate acestea, dacă nu te deranjează, te rog dă-i datele tale de contact colegului meu, spuse omul, aplecându-și capul spre mai tânărul inspector. Dacă am mai avea nevoie să luăm legătura cu tine, ne-ar place să fim capabili să o facem, declară Alex pe un ton dur, așa că femeia înțelese că acesta nu avea nici cea mai mică intenție să îl accepte pe *nu* drept răspuns.

Liza dădu din cap cu ezitare, iar ochii i se mutară spre inspectorul mai tânăr. Valentin își scoase telefonul și deschise aplicația pentru luarea notițelor. Mai apoi, își ridică privirea spre femeie și așteptă ca aceasta să-i dicteze numărul de telefon și adresa.

Între timp, Pop se întoarse spre Carmen, care se pregătea să părăsească încăperea.

—Mi-ar place să am o mică discuţie cu tine după aceea, dacă nu te deranjează, îi spuse el tinerei femei pe un ton coborât, iar Carmen aprobă dând din cap şi aşezându-se înapoi pe propriul scaun, deşi cu oarecare reţinere.

Liza aruncă o privire neagră în direcţia tinerei. Ochii i se îngustaseră în două fante subţiri, ca şi cum ar fi vrut să o avertizeze pe Carmen să-şi ţină gura închisă.

Carmen se agită uşor sub intensitatea ochilor roşcatei şi preferă să privească tăblia mesei. Cu un deget tremurător, îşi împinse ochelarii pe nas, iar apoi îşi trecu o şuviţă de păr rătăcitoare în spatele urechii.

Valentin o ajută pe Liza să ajungă la uşă, iar apoi închise uşa în urma ei. Un moment mai târziu, oftă profund cu uşurare evidentă şi îşi scutură capul. Doar după aceea, omul se întoarse şi spuse:

—Femeia aceea... E ceva ce nu am mai pomenit, într-adevăr. E capabilă să te stoarcă de energie, îşi scutură el capul cu tristeţe încă o dată.

Carmen îi oferi un zâmbet larg, iar omul se învioră vizibil. Alex observa jocul acţiunilor dintre cei doi tineri cu interes.

*Asta este... chiar palpitant, aş spune,* recunoscu poliţistul în sinea sa.

După aceea, Pop se întoarse spre Carmen şi spuse:

—Sunt convins că ai putea să ne dai o parte din răspunsurile pe care le căutăm.

Pleoapele lui Carmen fluturară, ascunzându-i ochii de ambră pentru câteva clipe. Valentin se aplecă în faţă, privind fascinat lumina ce dansa pe pielea ei.

# CAPITOLUL UNSPREZECE

CARMEN ÎŞI RIDICĂ PLEOAPELE şi privirea ei indescifrabilă îl izbi pe Valentin drept în piept. De altfel, nici Alex nu se dovedi imun la puterea ochilor femeii.

*Să mai treacă doar câţiva ani şi va fi o forţă redutabilă. Va fi în stare să îl facă pe orice tip să nu mai ştie ce se întâmplă cu el,* reflectă bărbatul. *Slavă cerului că nu voi mai fi în preajma ei la vremea aceea.*

—Da, probabil voi putea să răspund la unele din întrebările voastre, dădu tânăra femeie înţelepţeşte din cap, dar nu mai continuă să vorbească.

Carmen se mulţumi doar să aştepte în tăcere, privind de la un bărbat la altul cu ochii ei lucitori de chihlimbar. Îşi împreună mâinile în poală, lăsând impresia că ar fi fost o şcolăriţă timidă.

*Cât de departe e aceasta de adevăr,* reflectă Alex, interpretând acea aşa-zisă aparenţă de timiditate a femeii corect. *Mă tem că este mult mai periculoasă decât salcia plângătoare de mai înainte,* se gândi el la Liza.

Valentin îşi drese glasul şi apoi îşi întoarse ochii spre Alex dorind să vadă dacă acesta ar fi avut intenţia să înceapă audierea el însuşi. Alex însă îi făcu un semn cu mâna, invitându-l să preia conducerea şi să pună el întrebările.

—Presupun că o cunoşteai bine pe victimă, o întrebă Valentin pe Carmen pe un ton liniştit.

—Da, în calitate de coleg l-am ştiut destul de bine, aprobă ea cu o aplecare uşoară a capului. Cu toate acestea, rareori am avut ocazia să ies cu el în grup, aşa că nu aş putea spune cu conştiinţa curată că l-am cunoscut la fel de bine ca om, sublinie tânăra femeie.

—Dar cel puţin ştii ceva despre el din ceea ce ai văzut şi ai auzit. Trebuie să îţi fi trecut ceva zvonuri pe la urechi. Nu pot să cred că oamenii nu vorbeau despre el, insistă Valentin cu frustrare în voce.

*Un individ căruia îi este interzis accesul într-un club din cauză că s-a cocoţat pe o masă şi s-a apucat să danseze, în acelaşi timp dându-şi jos ţoalele de pe el, este un tip despre care toată lumea vorbeşte,* reflectă el.

—Dacă vreţi zvonuri, atunci, da, sunt destule din astea, ridică Carmen din umeri, iar ochii ei străluciră de nedumerire. Aş fi crezut că aţi prefera să auziţi despre fapte reale, totuşi, adăugă ea pe un ton tranşant, uitându-se când la unul, când la celălalt.

Valentin se înroşi uşor şi îşi muşcă buzele. Alex surâse şi îşi scutură capul. *Nu mai este chiar atât de timidă acum, micuţa şoricică,* reflectă el amuzat.

În ciuda amuzamentului său, se decise să intervină pentru că mai tânărul său coleg părea să-şi fi pierdut vocea cumva şi avea limba înnodată.

—Asta este adevărat, recunoscu mai vârstnicul inspector. De regulă, preferăm să auzim despre fapte concrete, nu bârfă, dar uneori aflăm noi căi de urmat și numai din bârfă. Doar cunoști zicala *Nu iese fum fără foc,* sublinie Alex, fluturându-și degetele cu înțeles.

Carmen ridică din umeri cu neglijență și gesticulă spre cei doi bărbați:

—Bine, pricep acum despre ce e vorba, spuse ea. Dar să știți că nu sunt prea multe de spus despre el. Vreau să spun din bârfe. Un bărbat pe care marea parte a femeilor îl plac, lui Dan îi plăcea să-și schimbe iubita cam așa la câteva săptămâni odată. A dat-o în bară numai de două ori, din câte știu eu.

—Probabil odată cu Liza, interveni Valentin pentru prima dată.

—Da, într-adevăr, aprobă Carmen cu o mișcare a capului. Cred că, de fapt, perioada lui de ghinioane a început cu ea, spuse Carmen gânditoare, cu o privire îndepărtată în ochi. Fata cu care a început Dan să se întâlnească după episodul cu Liza s-a dovedit a fi un fel de iederă agățătoare cum a fost și Liza. Mai apoi, i s-a interzis accesul în cluburi, unul după altul, își scutură tânăra capul. Iar acum, lovitura finală, observă ea cu tristețe.

—Cunoști cumva numele ultimei sale iubite? se interesă Valentin, aplecându-se înspre femeie, și nu numai pentru că ar fi dorit să îi audă vocea blândă mai bine.

—Cred că o chema Alice sau ceva de acest gen. Nu am văzut-o decât o dată când a venit și a făcut un mare scandal chiar aici jos. Echipa de securitate a fost nevoită să o îndepărteze din incintă.

—L-a amenințat pe Dan? o întrebă Alex.

ROXANA NASTASE

—Ei bine, își lăsă Carmen capul pe o parte, așa cred, spuse ea, dar tonul ei nu suna prea sigur. A spus multe lucruri. L-a înjurat și chiar l-a atacat fizic. Câteva zile după aceea, am auzit că i-a zgâriat mașina cu o cheie..., își scutură ea capul din nou. Dan era foarte mândru de acea mașină. În fond, economisise cu strășnicie ca să și-o poată cumpăra. Cred că mașina ar trebui încă să se găsească în parcarea subterană, îi informă femeia.

—Mi se pare interesant că nimeni altcineva nu a menționat acea mașină în fața noastră, murmură Alex, iar Valentin se mulțumi numai să ridice din umeri.

—Ar trebui să putem găsi numărul de înmatriculare al mașinii, domnule, menționă tânărul inspector. Trebuie să fie vreun birou pe aici unde cineva știe care este locul de parcare al victimei, cred, adăugă el.

—Da, este, dădu Carmen din cap. Nu trebuie să vorbești decât la biroul de recepție de la etajul al doilea. Ei se ocupă de acele locuri de parcare. Înțeleg că este chiar foarte dificil să obții unul, dar Dan... Hai să spunem că el avea niște talente mai deosebite. Unul dintre ele era puterea de convingere. Ar fi putut convinge pe cineva de aproape orice, în special dacă acel cineva era o femeie, spuse tânăra, iar colțurile gurii ei se ridicară.

—Cred că mă voi duce să verific cu tipa de la recepție, domnule, propuse Valentin, deși cu nu prea mult entuziasm, iar ochii săi se îndreptară spre Carmen cu iuțeală.

Era evident că tânărul ar fi preferat să continue să discute cu ea.

*Inimile tinere și primăvara,* medită Alex, deși nu fără ceva sarcasm.

Cu toate acestea, el, unul, nu avea nici cea mai mică intenție să stea în calea mai tânărului său coleg și își puse mâna pe brațul acestuia pentru a-l opri pe Valentin să se ridice.

—Sau aș putea să merg eu acum acolo, iar tu ai putea continua interviul cu Carmen. Presupun că mă voi întoarce în vreo zece minute sau cam așa ceva, spuse el ridicându-se de pe scaun.

O porni înspre ușă, iar cei doi tineri care rămăseseră pe scaunele lor din jurul mesei de conferință îi priviră spatele cu uluire.

Valentin își scutură capul când observă că Alex părăsea într-adevăr încăperea, iar apoi se întoarse spre Carmen.

—Deci acest tip, Dan, era interesat numai de femei și de mașini din câte înțeleg, trase el concluzia.

—La prima vedere așa s-ar părea, se arătă Carmen de acord cu el, deși cu ceva reținere.

—La prima vedere? întrebă Valentin oarecum confuz.

—Asta vedeau oamenii oricum și foarte puțini se oboseau să privească dincolo de acestea pentru a-l vedea pe om cu adevărat, replică Carmen pe un ton dur, ceea ce impulsionă sprâncenele lui Valentin să îi sară sus pe frunte.

Până în acel moment, tânăra femeie nu păruse extrem de hotărâtă atunci când își exprimase opiniile, iar atitudinea ei îl deconcerta.

# CAPITOLUL DOISPREZECE

ALEX SE ÎNTOARSE ÎN sala de conferinţe exact când Valentin o conducea pe Carmen la uşă. Ochii tânărului bărbat luceau de bucurie, iar tânăra părea puţin îmbujorată şi ameţită.

Alex îşi arcui o sprânceană zeflemitor. Chiar în acel moment, cei doi tineri îl observară şi amândoi se înroşiră violent. Carmen chiar îşi coborî privirea, părând brusc nesigură de ea însăşi.

*Mă întreb oare ce s-o fi întâmplat în absenţa mea,* se gândi inspectorul mai vârsnic.

Însă, în ciuda curiozităţii sale, ştia că nu îşi poate întreba colegul în mod deschis.

*Ei bine, poate că omul este dispus să mi se confeseze,* reflectă el, iar apoi o salută pe Carmen, care se grăbi să iasă cu paşi iuţi din încăpere.

—Am găsit maşina lui Dan şi le-am cerut experţilor criminalişti să o cerceteze. Cred că-ţi dai seama că nu le-a prea plăcut când le-am spus că trebuie să se întoarcă pentru chestia asta, îi explică Alex lui Valentin cu un surâs pe buze. Au cam bombănit ei.

Alex Pop nu se dădea la o parte să arate un pic de malițiozitate atunci când avea chef. De fapt, cam simțea nevoia să își mai lumineze un pic ziua. Își petrecuse întreaga dimineață la tribunal, frecându-și coatele de tot felul de indivizi plictisitori, iar apoi începuse acest caz care nu prea părea să fie simplu.

Inspectorul nu putea spune că nu adunaseră ceva informații despre victimă, deși se îndoia că aveau un tablou complet despre Dan.

Nimeni nu ar fi putut avea o personalitate atât de liniară cum apărea acesta să fie din cele povestite de colegi. Oamenii, indiferent de unde proveneau și de drumul lor în viață, se dovedeau, în general, să fie mai complicați decât ce aflaseră ei despre Dan până atunci.

Și Valentin surâse. Își cunoștea destul de bine colegul, chiar dacă se simțea nesigur și chiar inconfortabil câteodată în prezența lui Alex Pop. În general, Valentin îl aprecia pe Alex, ba chiar era destul de recunoscător pentru ajutorul pe care acesta i-l oferea în tăcere, precum și pentru îndrumarea sa.

Nu era Alex omul care să spună prea multe, dar știa să arate cuiva calea bună fără niciun cuvânt. Nu de puține ori, Alex salvase pielea neexperimentată a lui Valentin în fața comisarului-șef.

Baranga nu era unul dintre oamenii care știau să ierte. Dacă cineva făcea o greșeală serioasă și lăsa acel lucru să ajungă la urechile comisarului-șef fără a avea și o soluție pentru a o îndrepta, atunci acel cineva urma să aibă probleme serioase. Ultima aventură a lui Alex era un bun exemplu când reflecta asupra unor astfel de erori de neiertat.

—În fine, îl trezi vocea lui Alex pe Valentin din meditaţie. Ce ţi-a spus Carmen despre omul nostru?

Valentin îşi ridică ochii spre colegul său mai vârstnic şi spuse:

—Se pare că era mai mult de capul omului decât se vedea cu ochiul liber. Carmen a spus că tipul nu avea numai un comportament egoist şi nesăbuit. Într-un fel, era ca şi cum ar fi dus o viaţă dublă. Oricum, îşi păstra acea a doua viaţă secretă. Carmen a avut şansa să observe o altă faţă a lui numai pentru că s-a aflat din întâmplare atunci când trebuia la locul corect.

—Adică? îşi ridică Alex sprânceana dreaptă pe frunte, în acelaşi timp, gesticulând nerăbdător pentru a-l impulsiona pe tânărul inspector să continue fără a mai face uz de fraze elaborate. Un alt lucru care nu îi plăcea lui Alex era vorbitul fără şir.

Valentin îşi linse buzele cu anxietate. Se simţea stângaci şi se temea că Alex îl va considera un papă lapte pentru că vorbea despre asemenea lucruri. Cu toate acestea, îi răspunse la întrebare colegului său.

—Se pare că Dan făcea destul de multă muncă voluntară. Vizita o casă de bătrâni o dată pe săptămână unde ducea mâncare, dar îşi oferea şi timpul. Bărbatul stătea de vorbă cu unii dintre bătrâni, juca cărţi cu alţii, ba chiar a organizat şi o serată pentru ei odată. A plătit el însuşi pentru tot. Carmen a dat peste el acolo din întâmplare când s-a dus să-l viziteze pe un unchi bătrân. Dan a părut să nu fie în largul lui când şi-a dat seama că a fost văzut şi i-a cerut fetei să păstreze secretă întâlnirea lor. După aceea, Carmen a vorbit cu unchiul ei, iar omul i-a spus că Dan era o prezenţă permanentă acolo. Le aducea multă bucurie punând în aplicare ideile lui trăsnite pentru a le mai însori zilele și cu glumele lui proaste. În afară de aceasta, fermecase toate femeile din casa de bătrâni, atât pe cele ce făceau parte din personal, cât și pe pensionare, își scutură Valentin capul cu amuzament.

—Într-adevăr este un individ interesant, se arătă Alex de acord cu concluzia pe care o putea ghici în ochii colegului său.

—În afară de voluntariatul lui acolo, Carmen a spus că omul se implica și în salvarea câinilor. Carmen a ieșit într-o seară să fumeze o țigară. Nu îi place să se ducă acolo unde fumează toată lumea și preferă să se ascundă după colțul clădirii ca să aibă puțină liniște. Acolo a dat peste Dan, care vorbea la telefon cu un individ despre găsirea de cămine pentru câțiva cățeluși. Din ceea ce a auzit ea, cineva abandonase câinii pe marginea drumului, iar cel cu care vorbea Dan îi găsise cu o noapte înainte.

—Înțeleg, murmură Alex. Aveam eu sentimentul că individul nu era doar suma acțiunilor și comportamentului pe care toată lumea le observa în general. Deci ce altceva ți-a spus Carmen? își întoarse el privirea înapoi spre Valentin.

—În legătură cu cazul? se bâlbâi Valentin, iar ochii i se măriră.

Lui Valentin nu îi venea a crede că Alex i-ar pune întrebări personale. Până atunci, omul nu păruse destul de interesat să aibă de-a face cu el în afara orelor de muncă, iar o astfel de situație nu implica niciun fel de mărturisiri.

—Crezi că mă interesează să aflu dacă ai reușit să îți aranjezi vreo întâlnire cu Carmen? își arcui Alex sprânceana cu aroganță, privindu-l pe tânărul inspector cu ironie fățișă.

—Nu, evident că nu, domnule, se grăbi tânărul să se arate de acord cu el.

Alex oftă profund.

—Chiar aş aprecia foarte mult dacă ai înceta să mi te mai adresezi cu *domnule*, spuse el. Avem acelaşi rang, în fond, iar vechimea mea în cadrul poliţiei este numai cu şase sau şapte luni mai mare decât a ta. Şi să nu îmi vorbeşti de vârstă, se grăbi Alex să spună.

De asemenea, îşi ridicându-şi mâna ca să-l oprească pe Valentin să zică vreo aiureală. Auzise destule aiureli pe ziua aceea.

—Nu am niciun chef să îmi petrec timpul reflectând asupra vârstei mele *avansate*, îl avertiză el pe colegul său privindu-l cu mânie.

Valentin înghiţi cu greu. Niciodată nu ştia cum să reacţioneze în tovărăşia lui Alex.

—În regulă, spuse tânărul într-un final. Carmen a zis, de asemenea, că lui Dan îi plăcea să facă unele glume proaste şi nu tuturor le picau bine glumele lui. De-a lungul timpului, au avut loc unele scântei ici-colea, desigur. Unii dintre acei oameni au părăsit compania de mult timp şi nu par să se mai fi întâlnit cu Dan vreodată. Cu toate acestea, în timpul ultimelor trei săptămâni, omul a reuşit performanţa de-a înfuria patru oameni şi destul de mult. Ba chiar a fost pe punctul de a se lua la bătaie cu doi dintre ei, îl informă Valentin, aruncându-şi ochii peste notiţele lui.

—Acum chiar că ai dat peste ceva interesant, îl felicită Alex pe inspector cu o palmă peste umăr. Trebuie să vorbim neapărat cu acei indivizi. Mai întâi vom vorbi cu acea Alina care a îndrăznit să-i dea papucii, ca să spunem aşa, iar apoi trecem la ceilalţi. Îi amestecăm pe cei patru care ne interesează cu alţii, în aşa fel încât niciunul să nu suspecteze că avem vreo bănuială în ceea ce îi priveşte. Altfel, toată lumea va putea ghici că am primit informaţia de la Carmen şi nu văd de ce i-am cauza fetei necazuri cu colegii ei, adăugă Alex.

Valentin arătă că este de acord cu cuvintele lui dând viguros din cap, ceea ce aduse un alt surâs caustic pe buzele lui Alex.

—Cum îi chemăm pe oameni la audiere? întrebă Alex. Se presupune că deschidem uşa şi strigăm, sperând că va veni careva? îşi înclină el capul spre platoul deschis care se întindea dincolo de peretele de sticlă al sălii de şedinţe.

Acolo se vedeau şiruri de birouri aranjate ordonat sub lumina lămpilor montate în tavan.

Valentin râse şi îşi scutură capul.

*Mi-ar plăcea să văd la ce rezultat ar duce această acţiune,* se gândi el.

Cu toate acestea, cum avea un simţ al ridicolului destul de puternic, Valentin şi-ar fi dorit să se afle departe, chiar foarte departe, în momentul în care Alex ar fi încercat să facă aşa ceva.

—Carmen mi-a spus că va fi suficient să deschidem uşa şi să îi cerem fetei de la masa aceea de acolo să cheme pe cineva, replică tânărul, după ce îşi înăbuşi râsul şi indică spre o tânără cu părul roşu creţ.

Inima lui Alex se opri pentru o secundă când ochii îi căzură pe cârlionţii înflăcăraţi. Pentru numai o clipă, bărbatul se temu că va fi obligat să discute din nou cu acel izvor nesecat de lacrimi numit Liza.

# CAPITOLUL TREISPREZECE

ALINA PĂTRUNSE ÎN SALA de conferință cu pasul sigur al unei femei care este pe deplin conștientă de valoarea ei. Părul ei în nuanța miezului nopții îi cădea cascadă pe umeri în bucle moi și îi ajungea până la șolduri. Ambii bărbați o priviră îndelung pentru câteva clipe, iar admirația le străluci în ochi.

*Nu prea are o înfățișare potrivită unei corporații, aș spune,* reflectă Alex Pop.

Femeia avansă spre masă cu pași supli, iar bărbații se ridicară în poziție de drepți imediat. Alex nu se putu stăpânii, iar ochii îi colindară de-a lungul picioarelor femeii.

*Femeia aceasta a luat cu siguranță ore de balet. Numai o balerină ar reuși să se miște cu o grație atât de sălbatică,* reflectă Alex, iar mai apoi își trecu limba peste buze, fără ca măcar să fie conștient de gestul său.

Ochii lui Valentin se lărgiră, iar bărbatul își șterse palmele umede de pantaloni. Tânărul inspector începuse să transpire de emoție din momentul în care îi căzuseră ochii pe trupul sculptat de zeiță al femeii. Tânăra femeie era mai scundă cu numai câțiva centimetri față de Valentin, dar îl depășea pe Alex în înălțime.

Ochii ei de ciocolată neagră îi evaluară pe cei doi bărbați imediat.

*Hmm, arată bine, dar nu suficient de bine pentru a le mai arunca ei și o a doua privire,* se gândi Alina, iar o lumină amuzată îi dansă în ochi.

*Mă întreb ce vede când se uită la noi,* se întrebă Alex. *Nimic care ne-ar flata, cred,* se încruntă el ușor.

În ciuda acelui gând, omul își flutură mâna, invitând-o fără cuvinte să ia loc într-unul din scaunele disponibile din jurul mesei.

Cei doi inspectori de poliție așteptară ca femeia să ia loc pe scaunul pe care îl alesese. Ochii lor se fixară pe picioarele ei lungi, bine subliniate de pantalonii negrii strâmți și cizmele înalte.

—Am înțeles că unul dintre colegii noștri a fost găsit mort în lift, ciripi ea pe un ton melodic, iar preț de câteva momente, cei doi bărbați îi urmăriră fascinați mișcarea buzelor cărnoase ce formau cuvintele dezinvolt.

Un moment mai apoi, Alex se scutură de sub vraja buzelor frumosului specimen pe care îl avea sub ochi.

*Trezește-te la realitate, omule. Nu ești un amărât de licean și, de fapt, ai probleme mai urgente. Nu este acesta momentul să te comporți ca un idiot vrăjit de o femeie mai deosebită.*

—Este adevărat, confirmă Alex, dând din cap cu tristețe. Înțeleg că ai avut și o relație personală cu acest bărbat, aceasta în afară de relația profesională, specifică el, privind-o cu înțeles.

Tânăra femeie îi zâmbi zeflemitor, iar zâmbetul îi lumină ochii, transformând culoarea lor de ciocolată neagră în onix topit.

—Este ceva în neregulă cu întrebarea mea? îşi arcui Alex sprânceana cu supărare pentru că femeia începuse să îl cam calce pe nervi.

Zâmbetul Alinei se lărgi pentru câteva clipe, iar apoi femeia îşi scutură capul uşor.

—Nu, nimic în neregulă, desigur, replică ea. Da, ai putea spune că, odată ca niciodată, am împărtăşit şi unele momente mai personale cu el.

—Înţeleg, spuse Alex, măsurând-o pe femeie cu şi mai multă atenţie.

Aceasta părea să fie mult prea detaşată pentru o femeie care tocmai aflase că fostul ei iubit a decedat.

—Să înţeleg că, de fapt, în relaţia voastră nu au fost implicate niciun fel de sentimente? îşi ridică el sprânceana sarcastic.

Buzele tinerei femei zvâcniră. O lumină ironică i se aprinse în ochi şi femeia ridică din umeri neglijent.

—Nu aş spune că a fost cine ştie ce dragoste între noi doi, inspectore, replică Alina. Amândoi ştiam cum stăteau lucrurile între noi, desigur. Eu, una, ştiam că Dan nu era omul care să se implice vreodată într-o relaţie monogamă stabilă, iar el era conştient că eu acceptasem din toată inima să am o simplă aventură.

Alina îşi schimbă poziţia pe scaun şi îşi încrucişă din nou picioarele. Atât Alex, cât şi Pop îi urmăriră mişcările cu mare atenţie, iar tânăra femeie surâse.

După aceea, Alina continuă:

—Ştiu că nu se aştepta ca eu să fiu cea care să pună capăt la scurta noastră relaţie, dar, în fond, nu mă cunoştea defel. Pot să vă mărturisesc că mândria mea ar fi fost foarte lezată dacă aş fi aşteptat ca el să îmi dea papucii, ca să spun aşa. De aceea, când lucrurile au început să nu mai prezinte prea mult interes pentru mine, am preferat să fiu eu prima care să spună *la revedere*, ridică Alina un umăr cu indiferenţă.

—Deci a fost mai mult un fel de cursă să vedeţi care dintre voi atinge linia de finiş primul, interveni Valentin.

—Ceva de genul acesta, dacă vreţi, replică femeia pe un ton indiferent.

—Au apărut ceva resentimente ca urmare a despărţirii? se interesă Alex.

—De ce să apară? îşi arcui Alina sprâncenele. Nu era ca şi cum nu am fi stabilit anumite limite de la început. Dan dorea acelaşi lucru ca mine. Care ar fi fost raţiunea de a avea resentimente? Amândoi ne-am distrat cât timp am fost împreună. Am rămas de altfel un fel de prieteni, aş putea spune, ridică ea din umeri din nou.

—Înţeleg. Ai putea să ne spui ceva despre el? o întrebă Valentin cu curiozitate, aplecându-se în faţă pentru a-i auzi cuvintele mai bine.

—Presupun că aţi aflat deja tot ce era de ştiut despre el. Lui Dan îi plăcea o anumită varietate în materie de femei. Se plictisea foarte uşor şi ducea... hai, să spunem, o viaţă destul de riscantă, repetă femeia cuvintele pe care poliţiştii le auziseră şi de la ceilalţi. Poate că avea unele calităţi care puneau în umbră aceste defecte, spuse femeia, iar chipul ei lăsa impresia că aceasta încerca să găsească un exemplu. Avea o inimă bună, cred, ridică ea din umeri.

—Cred că erai supervizoarea lui, interveni Alex când îşi dădu seama că femeia nu mai intenţiona să adauge nimic la acea evaluare.

—Nu chiar, zâmbi Alina. Din cauza relaţiei noastre din trecut, Dan a fost mutat în echipa lui Lucien, spuse ea, iar cei doi bărbaţi nu ratară ocazia să remarce plăcerea pe care aceasta o încerca, gândindu-se că le zdrobea supoziţiile,

—Dar tot trebuie să ai o idee generală despre calitatea activităţii lui şi toate celelalte, insistă Valentin.

—Presupun că muncea destul de bine, admise Alina. Nu pot spune că era extrem de muncitor, dar îşi făcea treaba. Ştiu că era mai mereu în întârziere, iar Lucien era deja sătul să îl tot admonesteze zilnic... Dar aşa era Dan, ce pot să spun, trase femeia concluzia şi un zâmbet ciudat îi curbă buzele.

—Ai cunoştinţă despre existenţa vreunor discuţii între Dan şi colegii săi sau că ar fi existat alt gen de probleme între ei?

Alina izbucni în râs şi îşi scutură capul.

—Ce ţi se pare atât de amuzant? întrebă Valentin cu ochii plini de nelămuriri.

—Întrebarea voastră, îmi cer scuze, replică ea. În fiecare zi, exista măcar o persoană pe platou care avea ceva de împărţit cu el... Dan avea un tip de umor mai straniu, dacă vreţi, şi nu toată lumea îl gusta.

—Aha, înţeleg, dădu Alex din cap. Deci acelea erau certuri care deveniseră uzuale. Dar a existat ceva mai serios cu careva? Vreau să spun ceva care a depăşit numai câteva cuvinte, dădu el din mână.

—Cred că au fost două sau trei persoane. De exemplu, Samir. Cu o zi în urmă, Samir pur şi simplu şi-a ieşit din ţâţâni pentru că Dan i-a înlocuit sandvişul cu altul similar. Problema a fost că noul sandviş era cu porc în loc de pui. Vă daţi seama, sper, că rezultatul farsei nu a fost prea amuzant. Religia lui Samir nu îi permite să mănânce porc, iar omul este foarte atent cu astfel de lucruri. Dan şi Samir mai că s-au luat la bătaie pe platou, iar Lucien a fost obligat să intervină. Lucien i-a spus lui Dan că ar trebui să se gândească mai bine înainte să facă astfel de farse pentru că nu te poţi juca chiar cu orice.

—Şi până la urmă cum au evoluat lucrurile? întrebă Valentin, cu ochii mari.

—Nu am mai auzit alte discuţii, dar Dan şi Samir au încetat să vorbească unul cu celălalt. Samir este o fire deschisă şi, în general, este un tip cumsecade. Cu toate acestea, omul nu a găsit resursele în sufletul lui să-l ierte pe Dan pentru farsa aceea stupidă, ridică Alina din umărul drept din nou. Aceasta nu înseamnă că îl văd pe el în rolul de criminal. Samir nu are un astfel de caracter, îşi scutură ea capul.

—Ştii cumva unde se găsea Samir, să spunem, între ora douăsprezece şi jumătate şi ora unu şi jumătate astăzi după-masă? o întrebă Alex.

—Uau! Păi ăsta e ditamai intervalul, cred, râse Alina surprinsă. În fine, a fost pe platou, îi asigură ea. A întârziat din nou, menţionă tânăra femeie cu un chicotit scurt. Cam cu o oră, aş putea adăuga, spuse ea scuturându-şi capul dezaprobator. Nu ar fi putut pleca în pauză înainte de două fără un sfert, cel mai curând, oricum.

—În regulă atunci. Şi ceilalţi pe care i-ai menţionat? insistă Alex.

—Cred că acela a fost Olivier. Un grup de zece sau cincisprezece persoane au ieșit la băute într-o seară după muncă și au cam tot băut, așa vreo cinci sau șase ore. Înțeleg că, atunci când a venit vremea să se plătească nota, Olivier s-a decis să cam dispară, dar Dan a intervenit.

Alina se opri și își dădu o șuviță la o parte de pe față, iar apoi își trecu mâinile peste coapse, privindu-i pe cei doi bărbați pe sub gene. Mulțumită de atenția lor, femeia surâse, iar apoi se decise să-și continue povestirea.

—Se pare că nu era prima dată când se întâmpla așa ceva, iar Dan se cam săturase de chestia asta. S-au certat chiar acolo în restaurant, iar după aceea noi am fost *destul de norocoși* să auzim discuțiile dintre ei și insultele cu perdea pe care și le tot aruncau unul altuia. Chestia asta ținea cam de o săptămână deja, după părerea mea, le explică ea, iar după aceea își încrucișă brațele pe piept, lăsându-se pe spate în scaun.

—Ar fi fost suficient să ducă la crimă? se gândi Valentin să o întrebe, deși nu credea că ar fi fost un motiv posibil.

Totuși, în ciuda propriei păreri, inspectorul era conștient că oamenii ucideau, în fond, pentru cele mai meschine motive.

—Nu după părerea mea, își scutură Alina capul cu hotărâre. Îmi vine extrem de greu să îl văd pe Olivier făcând ceva de acest gen. Poate că ar fi putut-o face atunci, în fierbințeala momentului, dar altfel, el nu face decât să bodogăne.

—Și totuși, unde a fost în timpul intervalului pe care l-am menționat? insistă Alex.

—Nu aș putea spune. Ar fi trebuit să înceapă lucrul la ora unu, cred. Sunt destul de sigură că e pe platou, spuse ea.

După aceea, se ridică în picioare și se îndreptă cu pași lenți spre peretele de sticlă. Cercetă platoul cu atenție, iar apoi se întoarse spre ei.

—Da, este acolo. L-am zărit, specifică femeia.

Mai apoi îi tortură pe cei doi bărbați cu picioarele ei lungi, îndreptându-se cu pași înceți înapoi spre masă, unde, după aceea, luă loc cu o mișcare grațioasă.

—Mi se pare că ai spus că erau vreo doi sau trei care aveau ceva de împărțit cu Dan, interveni Alex după ce își drese vocea.

Alina surâse cu un aer cunoscător și își încrucișă picioarele.

—Da, mai este și Cristian, aprobă Alina cu o mișcare a capului. Am o oarecare reținere să îl menționez pentru că acesta de fapt s-a ciondănit cu absolut toată lumea, inclusiv cu mine, își flutură ea degetele și își dădu ochii peste cap cu exasperare.

—Cum așa? întrebă Valentin cu uluială.

—Cristian este... un pic mai special, ca să spunem așa. Omul fie te privește cu dispreț suveran, de parcă ai fi un nenorocit de gândac de bucătărie, suficient de bun pentru a te strivi sub talpa pantofului său, fie cu invidie profundă și implicit cu ură. Nu cred că a reușit să-și facă vreun prieten printre oamenii de pe platou de când a fost angajat și cam e ceva vreme de atunci.

Alina își lăsă capul pe o parte și încercă să-ți amintească data exacta. Mai apoi, ridică din umeri și se decise să își ducă ideea până la capăt.

—Tot la fel, nu cred să existe cineva printre colegii mei căruia să îi lipsească prietenia lui Cristian, se strâmbă Alina. Mai mult decât atât, nu cred că acesta a avut vreodată un cuvânt bun despre cineva, ridică ea din umeri.

—Ce s-a întâmplat între el şi Dan? întrebă Alex, privind-o intens pe Alina, intrigat de expresiile ce se succedau pe chipul ei.

—Ei bine, chiar înainte ca Liza să înceapă să iasă cu Dan, şi-a încercat şi Cristian norocul cu ea, însă Liza l-a refuzat, spuse Alina cu gesturi largi. Nu a fost o mişcare prea deşteaptă din partea lui, îşi scutură ea capul. Nu înţeleg cum de i-a trecut prin minte că ar putea avea vreo şansă cu ea. În fine, din ceea ce am auzit, Liza a fost chiar neaşteptat de drăguţă cu el. Pur şi simplu, i-a spus lui Cristian că regula ei era să nu iasă cu vreunul dintre oamenii cu care lucra. După aceea, însă, Liza a început să se vadă cu Dan. Cristian a petrecut câteva zile bodogănind furios. Le-a aruncat priviri negre amândurora, ba chiar a şi încercat să vină la mine cu diverse greşeli imaginare pe care unul dintre ei le-ar fi făcut, cerându-mi să iau măsuri. Când a văzut că nu fac nimic, s-a dus la directoare şi i s-a plâns că sunt incompetentă. Evident că directoarea mi-a susţinut atitudinea, iar ca rezultat, individul şi-a luat concediu pentru câteva zile. Efectiv făcea spume la gură. Literal făcea spume, le spuse ea cu sinceritate, iar ochii i se rotunjiră. Chestia aceea chiar a ridicat câteva sprâncene prin jur, dar compania nu îşi permite să concedieze un angajat numai pentru că acesta face spume. Chiar dacă au fost unii care au menţionat rabia, dacă nu mă înşel, zâmbi ea cu o privire îndepărtată. Aceea ar fi fost o scuză destul de bună, cred, dar tot am fi avut nevoie de o justificare medicală pentru a o susţine, din păcate, se strâmbă ea.

—Iar atunci când Cristian a revenit din concediu, ce s-a întâmplat între ei doi? întrebă Valentin nerăbdător. Se simţea anxios şi abia aştepta să audă urmarea de la povestirea Alinei.

—Cam aşa, preţ de vreo două săptămâni, Cristian a părut să fie bine. Ajunseserăm la concluzia că a reînceput să-şi ia medicamentele. Nu că am fi ştiut sigur că i s-a prescris o anume medicaţie. Sper să nu mă înţelegeţi greşit, se grăbi ea să explice. Era doar simplă bârfă, dacă vreţi.

Bărbaţii se grăbiră să dea din cap numai ca să o facă să continue cu istorisirea ei, iar Alina zâmbi. Îi plăcea ori de câte ori avea o audienţă ce părea fascinată de vorbele ei.

—În fine, după aceea Dan s-a despărţit de Liza. Cristian s-a gândit că venise şi el la zar, însă Liza i-a spus pur şi simplu că *în niciun caz* nu are de gând să iasă cu el, le împărtăşi ea acel amănunt pe un ton mai coborât. Individului nu i-a venit să creadă şi i-a cerut explicaţii, continuă ea cu uluială în voce.

După aceea îşi înclină capul uşor spre dreapta şi spuse gânditoare:

—Dacă mă gândesc mai bine, parcă e ca într-o afurisită de telenovelă pe aici câteodată.

Cuvintele ei îi făcu pe ofiţeri să zâmbească. Ei deja ajunseseră la acea concluzie, dar nu se aşteptaseră ca şi ea să afirme acelaşi lucru.

—În fine, când Cristian a subliniat faptul că nu ar trebui să fie chiar aşa de înţepată pentru că abia fusese azvârlită la o parte de un nenorocit de afemeiat, Liza i-a spus că el nu era destul de bun nici măcar ca să-i şteargă pantofii lui Dan, ba chiar ar trebui să îşi acopere capul cu o pungă de hârtie. Sunt sigură că vă cam puteţi imagina că acea chestie nu a dus la rezultate prea bune, iar Cristian i-a privit cu ură pe amândoi de atunci, îşi încheie Alina povestirea într-un sfârşit.

—Când s-a întâmplat acest lucru? o întrebă Alex.

—Pe la începutul săptămânii, replică Alina.

Aparent, ar fi vrut să mai adauge ceva, dar brusc primi un mesaj pe telefonul ei. Femeia îl scoase şi citi mesajul, iar apoi îşi întoarse ochii spre cei doi poliţişti.

—Au nevoie de mine pe platou. Îmi pare rău, dar chiar trebuie să plec. Dacă mai aveţi întrebări, va trebui să mi le puneţi altă dată, spuse ea cu regret.

—Un ultim lucru înainte să pleci. Unde a fost Cristian în timpul intervalului pe care l-am menţionat? se grăbi Valentin să întrebe.

—Nu lucrează astăzi aşa că nu pot să vă spun, îşi scutură Alina capul. Chiar trebuie să plec acum. Trebuie să preiau un apel, spuse ea cu un gest nerăbdător.

—Cred că am obţinut tot ce avem nevoie, spuse Alex. Poate că am putea vorbi cu acel Samir acum, ceru el.

—Nicio problemă, replică Alina ridicându-se, urmată imediat de ofiţeri. Dacă nu este într-un apel, îl trimit la voi. Dacă este la telefon, va trebui să aşteptaţi puţin, ridică ea din umeri.

–Dacă este ocupat, poate îl poţi trimite pe acel Olivier sau pe celălalt supervizor, Lucien, propuse Alex. Am vrea să discutăm şi cu el considerând că a fost supervizorul direct al lui Dan.

—Mi-e teamă că Lucien nu este disponibil la această oră, îşi scutură Alina capul cu o mână pe mânerul uşii. Nu lucrează astăzi, explică ea. Puteţi să vă întoarceţi mâine dacă doriţi. Dar, da, îl pot trimite pe Olivier la voi dacă Samir vorbeşte la telefon. Să sperăm numai că nu sunt amândoi ocupaţi în acelaşi timp, spuse ea, iar apoi izbucni în râs.

Aparent, Alina uitase deja complet subiectul de discuţie pe care îl avuseseră. Femeia îşi aruncă coama deasă peste umăr şi părăsi încăperea cu paşi supli.

Valentin o privi pe Alina ieşind din sala de şedinţe cu uimire.

—O femeie dificil de descifrat, observă Valentin, iar Alex îl aprobă cu o mişcare scurtă din cap, dar ochii lui nu părăsiră notiţele pe care şi le mâzgălise în carnet.

# CAPITOLUL PAISPREZECE

ALEX ŞI VALENTIN INTRARĂ în lift, iar Alex apăsă butonul pentru parter. Amândoi erau obosiţi până în măduva oaselor. Era deja trecut de opt seara, iar ofiţerii discutaseră deja cu mai mulţi oameni până atunci.

—Ce părere ai avea dacă am merge să bem ceva? propuse Alex brusc, iar invitaţia lui îl făcu pe Valentin să ridice din sprâncene.

Ofiţerul niciodată nu invitase pe careva de la sediu la o bere sau o cafea. Toată lumea ştia că lui Alex nu-i plăcea să se amestece cu colegii săi sau să socializeze.

Alex observă uimirea colegului său şi rânji. După aceea, se gândi să fie mai precis, aşa că adăugă:

—Nu era o invitaţie pentru a avea o discuţie piperată cu confesiuni. Pur şi simplu, mă gândeam să mai eliberăm din stres un pic. Desigur, dacă nu ai altceva de făcut, menţionă el, în timp ce trecea pe lângă Camelia, ultima cucerire a lui Popa.

*Mă întreb pe unde o fi Popa acum şi ce o mai fi făcut,* reflectă Alex preocupat.

—Sunt liber până la zece, răspunse Valentin într-un final, făcându-l pe Alex să-şi întoarcă ochii spre el.

—Ce se întâmplă la zece? întrebă Alex după ce trecură de uşa turnantă şi ajunseră în faţa clădirii.

Aerul serii răcoroase le invadă plămânii, în acelaşi timp cu smogul străzii. Mirosul de cauciucuri încinse şi uzate le asaltă nările, iar Alex se strâmbă. Cum Valentin nu răspunse, Alex se întoarse spre el, iar sprânceana sa dreaptă se arcui. Valentin se îmbujorase şi îşi muşca buzele.

—Este ceva în neregulă? întrebă Alex arcuindu-şi şi mai mult sprânceana din pricina curiozităţii.

—Nu, nu este, spuse omul cu o voce mică.

Alex îi studie chipul lui Valentin cu curiozitate preţ de câteva momente, iar mai apoi înţelese cum stăteau lucrurile. Cu un surâs abia ascuns, observă:

—Presupun că ai aranjat o întâlnire cu Carmen, observă el cu neglijenţă şi avu satisfacţia să îl vadă pe colegul său devenind şi mai roşu.

*Un om trebuie să-şi găsească motive de distracţie cam cum poate,* mustăci Alex, fără să se simtă vinovat din cauza aceasta.

Inspectorul râse şi îl pocni pe Valentin peste spate.

—Bravo ţie. Presupun că ai timp pentru o bere, ghici Alex. Până la ora zece, vreau să spun, se mai gândi el să precizeze.

Valentin aprobă dând din cap, chiar dacă nu se simţea prea sigur pe faptul că Alex nu îl va lua în râs. Mai mult decât atât, nu putea nici să bage mâna în foc că îi era permis să lege un anumit gen de relaţii de prietenie cu oamenii pe care îi audiaa.

*Oricum, acum este prea târziu să mai pun această întrebare,* trase concluzia mai tânărul inspector şi îşi potrivi pasul după al lui Alex.

# BARBATUL DIN LIFT

Cei doi bărbaţi merseră alene de-a lungul străzii, mulţumindu-se doar să respire aerul serii, fără să îşi spună nimic unul altuia.

Alex îşi înfundase mâinile în buzunare, fluierând uşor pe sub barbă.

—Ştii ce nu înţeleg eu? declară Valentin brusc, iar Alex îşi întoarse capul spre el cu nedumerire.

Bărbatul deja se adâncise profund în propriile sale gânduri.

—Ce anume nu înţelegi? se simţi Alex obligat să îl întrebe pe Valentin.

—Cum de a ştiut criminalul că nu va fi nimeni la etajul trei atunci când el sau ea aştepta acolo să îl ucidă pe Dan. De asemenea, nu ştiu cum este posibil ca un bărbat sau o femeie acoperiţi de sânge să fi traversat Bucureştiul fără ca să işte niciun fel de întrebări în minţile celor din jur, mai spuse Valentin, gesticulând cu mâna agitat.

—Ah, chestia asta, replică Alex pe un ton moale. Am vorbit cu unul dintre băieţii din echipa lui Dan. Ştii tu, atunci când ne-am împărţit ca să terminăm cu interviurile mai rapid, îi reaminti Alex.

Valentin dădu din cap afirmativ. Îşi amintea foarte bine momentul.

—Ei bine, se pare că etajul trei are o terasă, iar cei ce lucrează pe acel etaj nu se obosesc să coboare jos ca să fumeze. Mai mult decât atât, oamenii de pe acel platou încep să meargă la prânz după unu şi jumătate de obicei, dar mai ales după două sau două şi jumătate. Aşa că presupun că ucigaşul ştia acest lucru, ridică Alex din umeri. Iar despre chestia aceea cu sângele... mă îndoiesc că ucigaşul nostru a traversat oraşul acoperit de sânge, îşi scutură el capul.

Se opri să analizeze posibilitățile pentru câteva clipe, dar ajunse la concluzia că nu ar fi fost ceva probabil.

—Evident că nu ar fi fost posibil așa ceva, spuse el până la urmă. Fie tipul sau femeia – pentru că da, e posibil să fi fost o femeie, a purtat ceva în genul unei pelerine de ploaie sau a avut haine de schimb, dar de ultima chestie mă cam îndoiesc, își scutură Alex capul încă o dată, iar buzele îi deveniră o linie subțire.

# CAPITOLUL CINCISPREZECE

CÂND PĂŞI PE CORIDORUL ce ducea spre biroul său, Alex se opri brusc. Popa se sprijinea de perete, ciufulit şi cu cercuri negre sub ochi. Omul arăta de parcă ar fi petrecut câteva nopţi albe.

—Bună dimineaţa, îl salută Alex pe subinspector. Ai dormit vreun pic? se miră el.

Bărbatul îi îndepărtă întrebarea cu un simplu gest, ca şi cum nu ar fi prezentat niciun fel de importanţă, iar mai apoi spuse:

—Nu aş refuza o cafea, dacă vrei să îmi oferi.

Alex surâse şi îi făcu semn să îl urmeze. Popa îşi potrivi paşii cu ai inspectorului, înăbuşind un căscat.

Era evident că omul se mai mişca doar pentru că avea o voinţă puternică.

Alex îl conduse pe subinspector în biroul său şi îl invită să ia loc, în timp ce el începu să pregătească cafeaua.

Mai întâi, inspectorul îşi făcu de lucru măsurând cafeaua măcinată şi punând-o în filtrul de cafea, iar după aceea se întoarse spre Popa care rămăsese în picioare lângă biroul lui.

—Ai vreo veste ceva? îl întrebă Alex pe omul care părea să doarmă în picioare.

*În mod sigur nu s-a odihnit deloc noaptea trecută*, trase tânărul concluzia.

—Nu aduc eu rezultate mereu? se miră Popa, arcuindu-și o sprânceană sfidător.

—Atunci? își ridică și inspectorul sprânceana, după cum îi stătea în obicei.

Subinspectorul rânji observându-i gestul caracteristic, iar apoi își ciufuli părul cu vârful degetelor.

—L-am găsit pe Geo noaptea trecută într-un sat la vreo optzeci de kilometri de București. Evident, am avut o mică discuție cu el. Dacă te interesează cumva, omul se găsește într-una din sălile de interogatoriu chiar acum. Își scrie declarația sub ochii vigilenți ai unui polițist în uniformă, glumi bărbatul scund, privind spre filtrul de cafea plin de nerăbdare.

—Va fi gata într-un minut, îl asigură Alex pe Popa când observă ținta privirii sale. Ce a spus Geo? încercă el să-l aducă pe subinspector înapoi la subiectul de discuție.

—Ei bine, este cam ca în romanele acelea cu spioni și conspirații, îi făcu cu ochiul negriciosul, iar buzele lui Alex se curbară în sus.

*Omul acesta este mereu în stare să mă facă să zâmbesc. Chiar și la o oră atât de devreme dimineața*, reflectă Alex cu uimire.

Inspectorul băuse prea multă bere în seara precedentă și nu se simțea chiar la fel de bine ca întotdeauna.

—Poți dezvolta ideea aceea un pic? îi făcu Alex Pop semn omului pentru a-l convinge să vorbească.

—Nici nu mă gândesc, îşi scutură subinspectorul capul, iar ochii săi prinseră un luciu încăpăţânat. Mai întâi, dă-mi cafeaua, sublinie el cu o hotărâre de fier, făcându-l pe Alex să râdă.

—O vei primi chiar acum, spuse Alex şi îşi scutură capul amuzat.

Din fericire, filtrul de cafea îl anunţă chiar atunci că se terminase procesul de preparare a cafelei, aşa că Alex înşfăcă două căni şi turnă lichidul tare până sus la buza lor.

—Ştii că nu am niciun fel de zahăr sau lapte pe aici, îl avertiză el pe subinspector.

Omul se mulţumi să îşi fluture mâna zeflemitor şi smulse cana din mâna inspectorului. Sorbi cu grijă de vreo câteva ori, iar mai apoi, satisfăcut, se lăsă pe unul din scaunele din faţa biroului lui Alex.

—Acel Geo mi-a spus tot ce ştie, începu Popa să vorbească după ce mai sorbi o dată din ceaşca sa cu cafea. Trebuie doar să-i aduci omul care trebuie în faţa ochilor, iar Geo va fi capabil să îţi indice criminalul, spuse el.

# CAPITOLUL ŞAISPREZECE

—DECI AM AUZIT CĂ VOI doi v-aţi rezolvat cazul, spuse comisarul-şef Baranga, făcându-le semn celor doi inspectori să ia câte un loc.

Alex îşi aruncă ochii spre ceilalţi oameni prezenţi, dar mai apoi ridică din umeri. Nu ştia dacă va avea parte de o nouă mustrare la final, dar chiar nu mai conta.

Într-adevăr, rezolvaseră cazul sau, cel puţin, contribuiseră la rezolvarea lui.

—De fapt, domnule, cred că subinspectorul de poliţie Popa a rezolvat cazul, decise Alex să fie cinstit. El l-a găsit pe Geo, agentul de securitate, iar acesta ne-a dat toate informaţiile de care aveam nevoie pentru a închide cazul, explică el.

—Nu am citit încă raportul, spuse comisarul-şef. Aş prefera să aud de la tine cum s-a desfăşurat totul.

Alex ridică din umeri, dar continuă.

—Ei bine, Cristian pur şi simplu şi-a pierdut minţile din cauza poveştii aceleia cu Liza. Spun că într-adevăr şi-a pierdut minţile pentru că, de fapt, era deja destul de aproape de aceasta de dinainte. Am verificat şi omul a trebuit să ia medicamente toată viaţa. Eu, unul, cred că mamă-sa este de vină pentru chestia asta, dar... Oricum, nu sunt psiholog, aşa că nu o voi lua pe panta aceasta, trase el concluzia.

—Dar cum a făcut-o? întrebă Baranga, împreunându-şi mâinile pe birou.

—Mai întâi a vrăjit-o pe una din femeile de la curăţenie. Nu mă întrebaţi cum a reuşit, ridică el mâna. Pentru că pare cam de necrezut. Dar cu toate acestea, a făcut-o. Probabil a fost ameţită de diplomele lui, pentru că individul are vreo trei sau patru diplome, cred. Oricum, după ce au avut câteva întâlniri, a convins-o pe femeie să îi facă rost de numărul de telefon al lui Geo. Îl auzise pe agentul de securitate vorbind la telefon de câteva ori şi aflase că acesta era bine înglodat în datorii. Lui Geo îi place să parieze. Şi încă mult de tot.

—Deci i-a oferit omului bani, trase comisarul-şef concluzia.

—Nu a fost chiar aşa de simplu, îşi scutură Alex capul. Cristian a creat o poveste foarte complicată. L-a sunat pe agent de pe un număr ascuns şi i-a oferit zece mii de lei numai ca să îl anunţe când o anumită persoană ar intra într-un lift. După aceea, se presupunea că Geo s-ar fi dus în biroul din spate pentru câteva minute. Cristian îi spusese agentului de securitate că voia să facă o farsă care implica şi stropirea hainelor lui Dan cu ceva şi ar fi fost mai bine dacă agentul nu ar fi văzut-o. Astfel, nu ar fi fost obligat să mintă dacă ar fi fost întrebat ceva. Când agentul de securitate s-a arătat cam sceptic, i-a mai promis încă cinci mii, dar numai cu condiţia ca Geo să închidă şi camera video de pe etajul trei. Am verificat. Cristian a luat un împrumut de cincisprezece mii de lei cu o săptămână înainte. Banii au fost livrați prin curier la biroul de recepție de la intrarea în clădire pentru Geo.

—Deci a făcut acel Geo ceea ce i s-a spus? se interesă Baranga.

—Într-un fel, șopti Valentin.

—Vorbește mai tare, omule, tună comisarul-șef la tânărul inspector, iar Alex surâse, coborându-și capul pentru ca nimeni să nu îi poată vedea chipul.

—Geo a luat banii, domnule. L-a sunat pe Cristian ca să-i spună când Dan a pornit-o cu liftul în sus. Dar nu a închis camera video imediat și l-a văzut pe Cristian așteptând la etajul al treilea. Individul purta o pelerină de ploaie. Abia după aceea, agentul de securitate a oprit, în sfârșit, înregistrarea, neștiind ce urma să se întâmple.

—Ei bine, cel puțin a fost capabil să îl identifice pe criminal, trase concluzia comisarul-șef. L-ați arestat pe ucigaș deja? se interesă el.

Cei doi inspectori dădură din cap la unison, iar procurorul zâmbi, scuturându-și capul, când le văzu mișcările sincronizate.

—A fost un circ zdravăn când l-am arestat pe Cristian, dar tot l-am arestat, spuse Alex cu o mișcare a capului scurtă. Și Geo este arestat, apropo, menționă el.

—Păi cam așa speram și eu, spuse comisarul-șef pe un ton sec. În regulă, lăsați-mi raportul, iar acum sunteți liberi pe ziua de azi, spuse Baranga pe un ton dur, chiar dacă ochii săi luceau de satisfacție.

*Sunt buni, chiar dacă nu sunt rodați încă,* reflectă el.

Cei doi tineri bărbați se grăbiră să părăsească biroul imediat. Nu îi atrăgea compania lui Baranga prea mult, indiferent de momentul zilei.

—Ți-ai făcut ceva planuri pe ziua de azi? își întoarse Alex capul spre Valentin.

—Am o întâlnire fierbinte cu Carmen, spuse acesta, făcându-i cu ochiul colegului său. Tu?

Alex oftă, privi în lături pentru câteva clipe, dar mai apoi mărturisi:

—Și eu mi-am fixat o întâlnire cu Ana-Maria, dar nu sunt foarte sigur în ce m-am vârât, recunoscu el cu o ușoară tristețe.

Valentin râse în timp ce cobora scările spre stradă. Vântul îi zburli părul, iar el se simți din nou ca un adolescent poznaș ce se grăbea să se vadă cu o fată.

Alex surâse și își scutură capul. *Nu e rău deloc Valentin ăsta,* trase el concluzia.

# BIOGRAFIA AUTOAREI

*ROXANEI NĂSTASE ÎI place să scrie și să facă prăjituri – aceste două pasiuni se potrivesc foarte bine. De asemenea, îi place să petreacă timp cu câinele ei – sau cel puțin marea parte a timpului, pentru că, de fapt, acesta este un drăcușor.*

*O călătorie în Scoția a făcut-o să-și dăruiască inima unei țări minunate și unor oameni extraordinari. De aceea a ales un detectiv scoțian pentru cele mai multe romane polițiste ale sale.*

# CUPRINS

# CĂRȚI SCRISE DE ROXANA NĂSTASE

*NEBUNIE PE STRADA PRIVIGHETORII* – *Seria McNamara – Cartea Întâi*

*Mirosuri și Umbre – Seria McNamara – Cartea A Doua*

*Seria McNamara – Box set (Carteal I și II)*

*Un Epitaf Potrivit – Seria MacKay – Detectiv Canadian (Cartea Întâi)*

*O Femeie Bisericoasă*

*Un Imigrant – Seria MacKay – Detectiv Canadian (Cartea A Doua)*

*Legături Relative – Seria McNamara – Cartea A Treia*

*În curând va apărea:*

*O SCHIMBARE DE INIMĂ* – Seria MacKay – Detectiv Canadian - Cartea A Treia

# BARBATUL DIN LIFT

*Pentru a afla de noi lansări de carte, subscrieți la: www.roxananastase.weebly.com.*

Did you love *Barbatul din lift*? Then you should read *Team building cu ponoase*[1] by Roxana Nastase!

[2]

Gabriel este nevoit să îşi reconstruiască echipa şi, pentru prima dată, decide să o facă după reguli, dar nici nu îşi dă seama la ce va duce acţiunea lui.Organizează o excursie la munte, crezând că va avea succes, dar, în schimb, se trezeşte că se produc câteva crime, iar oamenii cred că el le-a comis.Acum e momentul ca Gabriel să arate ce caracter puternic are sau să piardă. Va reuşi el oare să îşi spele păcatele până la urmă?Mister, dragoste şi personaje interesante.

Read more at roxananastase.weebly.com.

1. https://books2read.com/u/b558x1

2. https://books2read.com/u/b558x1